在記憶的彼岸，等你

Waiting for you

博客來一金石堂
青春文學教主 尾巴——著

suncolor 三采文化

楔子

禹艾琪從有記憶以來，就時常做同一個夢。

首先，眼前會是一望無際的大草原，天空晴朗，氣溫舒適，雲朵適中，太陽明亮卻不刺眼。

微風徐徐帶來草地獨有的香氣，她會先張開雙手原地旋轉一圈，閉上眼睛感受這份解放與自由，接著發出興奮的輕笑聲，邁開腳步在草原上狂奔、跳躍。

有時候，甚至會雙手頂地翻起跟斗，而且在夢中，禹艾琪覺得自己的身子很輕，連伸直著腳側翻這現實中做不到的動作，都難不倒夢中的她。

再來，她會整個人躺在草地上滾動，讓身體沾上了青草綠葉，躺著仰望天空，發出滿足的笑聲，然後吐氣。

她會躺上好一陣子，有時候還會閉上眼睛睡著了。於夢中睡著很奇怪吧？禹艾琪每次想起這一點，都覺得很有趣。

雖然在夢中沒有時間流逝的感覺，可有時候她覺得自己待了好久，久到認為，是不是該醒了？

是呀，她知道自己在夢中。

她會在草原上大喊，以為可以聽見回音，但除了風聲和葉子的摩擦聲外，就只有自己的呼吸與心跳。

所以，接下來她會繼續玩樂，明明這裡什麼都沒有，沒有玩具、沒有動物、沒有昆蟲，甚至連天空都不會有鳥。

但是，她就是能夠一個人在那片草原玩得開心。

這個夢的開始，總是如此。

夢要結束時，也總是相同。

原本遼闊的遠方是無盡的草原與藍天，會慢慢地出現陰影，再來又逐漸清晰。禹艾琪花了很長一段時間才意識到，那裡看起來像個村莊或部落，但她無法看得更清楚，因為每當她瞇起眼睛想要看清時，就會起了一陣細微的白霧。

她越想要看清楚，那陣霧就會越濃。反之，只要她放棄凝望，霧氣只會繚繞。奇怪的是，禹艾琪從沒想過要靠近那個村莊，就是站在原地看著而已。

接下來，有個人從那村莊走出來，朝她靠近。與此同時，白霧會瞬間變得濃密無比，伸手不見五指，彷彿化為實體，在一吸一吐間湧出的全是霧氣。

人影越來越近，最後站在離禹艾琪約一公尺之處。即便這距離很近，但除了能知道他是個男生，什麼都看不清楚。看不見他的長相、穿著，甚至連一點點顏色也看不到，彷彿就只是黑影一般。

男生總是會開口說話，每次夢境的結束都是在他開口時。

但，禹艾琪每次醒來，都記不得他的聲音。

她只知道，無論自己現在幾歲，男生看起來永遠比自己高一顆頭。

你是誰？為什麼在我的夢裡？

為什麼我會反覆做同一個夢？

你長什麼樣子？

那村莊是什麼？

為什麼你總是會提醒我？

醒來，她總是有滿腹疑問，而在夢中，她從來沒質疑過這一切。

01

「那現在還有夢到過嗎？」孫又嘉一手托腮，一手攪著吸管，玻璃杯中的冰塊喀啦作響，伴隨氣泡載浮載沉。

禹艾琪搖搖頭，多做了個聳肩動作。「國三那一年，我在謝師宴時說出來，從此再也沒夢見。」

「怎麼會這樣？」孫又嘉喝了口氣泡飲料。

「大概是因為我說出來了吧。不是有種說法是，有些事情一旦說出來了就不會成真？就像這樣子，也許是我說出了這個夢，所以再也夢不到了。」禹艾琪朝經過的服務生舉起一隻手，示意還要一杯飲料。

「這夢實在太玄了吧！」崔卉嵐加入話題，鏡片後的雙眼炯炯有神。「之前柯品任不是說過每個人都有守護神嗎？會不會那就是妳的守護神？」

「妳還真相信柯品任說的話啊？」孫又嘉將即肩的短髮勾到耳後，瞄了一眼手機螢幕，然後將手機朝下擺放。

「又嘉閉嘴。所以說，那個男生都跟妳說些什麼？」崔卉嵐興致勃勃，她最喜歡這樣玄奇的話題了。

「大多時候都不記得，但印象深刻的是小學有次在補習班睡著，他就跟我說『快醒來，老師看見了』，然後我睜開眼睛，補習班老師還真的站在我面前，正要叫醒我。」

「哇！」崔卉嵐驚呼。

「還有一次是他跟我說『快醒來，地震了』，然後我張開眼睛，過了一秒真的地震，我立刻跑到我爸媽房間去。」

「這就真的神奇了。」孫又嘉挑起一邊眉毛。

「大概就是這樣的事情，他會說些我現實中正要經歷的事情。」禹艾琪聳肩，服務生送來了新點的一杯飲料，她喝了口。「我其實滿後悔當時為什麼要說出來，不然也許到現在，我都還會夢見他。」

「說不定還是有夢到啊，只是妳醒來之後全忘了。」孫又嘉說。禹艾琪只是再次聳肩。

「我真的覺得那是妳的守護神吔！他在守護妳呀，妳說在夢中不會害怕，而且又都會提醒妳，感覺是個帥哥呢。」崔卉嵐為禹艾琪的夢下了如此結論，接著她皺了眉頭看向孫又嘉。「從剛才開始妳的手機就一直在震動吔，不看一下嗎？」

孫又嘉哼了聲，將螢幕向下的手機拿起來，遞到她們兩個面前。只見螢幕上近乎五十條的訊息，讓禹艾琪和崔卉嵐發出驚呼。

來訊者是孫又嘉交往三年的男友——沈必佑。他們國三開始交往，如今高二，也邁入三個年頭了。當初會交往的理由也很瞎，不過就是國三考試壓力大，所以當他們兩個人在圖書館唸書到喘不過氣，溜到後頭的花圃聊天時，當年還留著五分頭的沈必佑說了句：「好想有女朋友，想知道接吻的滋味。」

孫又嘉當時正因為她朋友暗戀的對象喜歡自己，而和朋友鬧不愉快中，所以便說了：「不然我們交往吧。」

當初只是很單純的想法，認為這樣子就可以和朋友言歸於好，於是兩個人在沒有愛情的基礎下成為男女朋友，也在交往的那瞬間就經歷了初吻。

根據兩人之後的初吻得出的感想——

「濕濕的，熱熱的。」

是的，完全沒什麼怦然心動的感覺呀。

但這樣特別的交往開端，竟然也讓兩個人走在一起三年。

「你們又吵架喔？」禹艾琪看著沈必佑連環地發送訊息，還真是鍥而不捨呢。

「我就說了，今天的自由活動要和妳們一起喝咖啡聊天，他就一定要見面，所以我才不想理他。」孫又嘉翻了白眼。

「情侶都很期待畢業旅行的自由活動時兩個人可以到處逛逛，沈必佑也沒錯呀，倒是妳太獨立了。」禹艾琪說道。

「如果又嘉要和男友一起逛，那我就要去找柯品任，聽說他們那組要去鬼屋探險。」崔卉嵐對愛情話題沒有興趣，她更在乎玄怪事物。

「那我不就一個人？」禹艾琪伸手拍了她們兩個。「但畢業旅行，和妳不同班的沈必佑一定很希望能留下紀念，妳就回一下電吧。」

孫又嘉嘆氣，還是撥打回去。她並不是真的那麼淡漠，只是更看重先和朋友約定好的這件事。

「欸欸，那如果等等他們真的要去逛，我們就去找柯品任吧？」在孫又嘉走到咖啡廳外面講電話時，崔卉嵐如此建議。

柯品任是別班的「靈媒」。雖然這是同學們多少帶著有點調侃的成分取的綽號，但他本身真的具有靈異體質，只是能力有多少？沒人清楚。或許是他本來就蒼白的膚色與過大的雙眼，讓他只要盯著一個地方發呆，就足以引起他人的不安。

通常擁有靈異體質的人不太會告訴他人，可是柯品任很不同，他不吝嗇分享自己眼中看到的世界，例如會說三樓角落終年有學生站在那裡，經過要小心；或是學校體育館的天花板有個倒立的人在打球，要避開他的籃球；抑或是某某同學最近要小心意外，結果幾天後對方就騎腳踏車跌倒。

正因為如此，大家對柯品任雖然是半信半疑，但把他當靈媒的人也確實不少，更別說崔卉嵐大力推薦柯品任的「直覺」技能，就是只要柯品任覺得好像會怎麼樣，那就真的會那樣。

「反正也沒事。」禹艾琪聳肩。

「哇！太好了！」崔卉嵐快速吃完桌上的薯條，並傳了訊息給柯品任說她們等一會兒過去，彷彿已經確定孫又嘉一定會去和沈必佑會面一樣。

不過，她確實也猜對了。

不一會兒，孫又嘉雖然是一臉不耐，但還是拿起了背包，告訴她們兩個晚點直接在集合點見，她必須要和沈必佑留下「青春的回憶」。

「說得很不耐煩，但其實妳也開心吧？」禹艾琪忍不住調侃。孫又嘉只是聳肩，再次離開咖啡廳。

「那我們也快點出發吧！」崔卉嵐將桌面上的食物囫圇吞完，拿起包包也要離開。禹艾琪趕緊把剛上不久的飲料快速喝完，還因為太冰了導致腦子抽痛，一手按壓在太陽穴。

但是急性子的崔卉嵐已經走到咖啡廳的門口，所以禹艾琪急忙拿起一旁的包包就要跟著往外跑。

手機沒拿。

一個聲音從她耳邊傳來。

她立刻回頭，果然看見自己的手機還放在桌上。

「謝謝……」她趕緊拿起，並且想對提醒她的人道謝，可是一回首，身邊沒有人，就連旁邊的座位也沒人坐。

「奇怪……」是聽錯了嗎？

「艾琪！快點，柯品任他們在等我們！」崔卉嵐在門口催促。

「好啦，我來了。」但禹艾琪沒空多想，趕緊追上她的腳步。

這禮拜是青山高中全體高二生的畢業旅行，他們來到南部地區，而也正巧選對了日子，使得原該是高溫的九月因為鋒面來襲，氣溫變得較為舒適。

但也因為如此，成天都處於要下雨不下雨的狀況，也讓白天的光亮暗下不少，因此柯品任等人想起了這附近有座廢墟，荒廢多年且流傳許多靈異事件，擇日不如撞日，便決定一探究竟。

他們站在看似無路的雜草路前，幾個人猶豫著是否真的要前往，畢竟雖然不算是山，但也要進入一片樹林之中，要是發生意外就不好了。

「快點呀，再不進去就要下雨了！」但興致高昂的崔卉嵐和柯品任就站在前面，吆喝著大家快點進去。

「這……我覺得好像不太好。」

「嗯，總是要有人在外面吧，要是你們都沒回來也好求救。」

幾個臨陣退縮的同學不打算進去，雖然說的話聽來觸霉頭，但也算是合理，不過柯品任壓根不覺得會發生什麼意外，畢竟網路上也有很多人分享到這個廢墟探險的經驗。

「那我們幾個去隔壁的咖啡廳，保持聯絡，要是你們一個小時後沒有出來，我們就報告老師。」大約有三名同學不再前進，而剩下約莫六名同學繼續向前，其中兩名就是崔卉嵐和禹艾琪。

「我是知道卉嵐就愛這些，但沒想到妳對這也有興趣？」一個男生興致勃勃地湊在禹艾琪身邊搭話，但他的好心情不是因為來此探險，畢竟在確認禹艾琪真的會來之前，他還抱怨著不想來。

兩側剃短且頂上微鬈的趙育澤，是青山高中的校草級人物，雖然很受歡迎，卻不太和女孩子玩在一起，會對活潑又漂亮的禹艾琪產生好感，則是一個非常老套的原因。

那是升上高二不久，某次他打完籃球後已經上課鐘響，但他堅持跑一趟合作社買水，就這樣跑在走廊上，撞上了正從老師辦公室出來的禹艾琪。

她搬著全班的作業簿，因為撞擊，作業簿像是天女散花般灑落一地，連帶她的人也往後摔。

趙育澤卻站得直挺，一點傷害也沒有。

糟糕，撞到人了！她也太瘦小了吧，這樣就全倒！

當時他內心這麼想，趕緊蹲下要扶起禹艾琪。就在與她對眼的瞬間，從交握的小手傳來了像是靜電般的酥麻感，就這樣通過了全身的神經。

以前在電影上看到的「一見鍾情」和「被電到」這種誇張的形容，沒想到自己真實遇到了。

從那之後，趙育澤積極地想知道禹艾琪的任何資訊，並且用盡各種方式，例如學校的活動或是朋友的連結，讓自己和禹艾琪有更多的接觸。

也因此，禹艾琪和趙育澤成為了「會說點話的別班同學」這種關係，當然，這只是禹艾琪單方面的認為。畢竟她完全沒發現趙育澤的殷勤，可能是神經大條，又或是沒想過有人會喜歡自己，總之，她露出令人心動的笑容回應。

「因為又嘉去見男友，而卉嵐又很想跟柯品任一起前往廢墟。」她聳肩。「我就捨命陪君子，不然我一個人也無聊。」

趙育澤在內心大喊：Yes！當時在他逼迫之下要沈必佑奪命連環 Call 孫又嘉去單獨逛街，沈必佑一開始還在掙扎。「不要啦，又嘉就已經說各自逛各自的，我等等被她打！」

不過趙育澤立刻捶他兩下。「你要等一下被打還是現在被我打?!難道你不想跟女友甜蜜約會嗎？在這難得的畢業旅行留下青春回憶？」

「吼，好啦好啦！」沈必佑才開始積極打電話。

接著，他又要柯品任約崔卉嵐來廢墟探險。這邊倒是沒太大問題，畢竟他們本來的行程就要去廢墟。

所以，他可是用盡了所有人脈，才有辦法在畢業旅行和禹艾琪見面啊！

「妳們那組只剩下妳們兩個？」他要把握這機會，好好跟她聊天。

「其他人都和男友自由活動了。」禹艾琪哪知道趙育澤的心思，也沒發現此刻他們正雙雙對對地前往廢墟。

「妳怎麼沒和男友一起？」這當然是套話，雖然趙育澤早就經由自己的觀察與打聽知道答案，但還是想找本人確認。

禹艾琪大笑地擺擺手。「哪有什麼男友啦！」

ＯＫ！趙育澤忍不住笑開了臉。

一行人走在雜草叢生之中，這裡連水泥路也沒有，只有一些人為踩踏而過的草地痕跡看得出多數探險的人都是走這路徑。

「我們要計算來回時間，最多在裡面待半小時就要出來。」柯品任在前方發號施令。此刻時間雖然為下午三點，但因為鋒面關係，天色顯得昏暗。

「沒問題，司令官！」崔卉嵐做出行禮的手勢，柯品任很滿意地點頭。

不一會兒，一行人來到廢墟前，一棟磚紅色的兩層建築物矗立在面前，一層層青苔和植物攀爬在建築物上，因長時間的荒廢導致磚瓦龜裂，而每層的窗戶玻璃不知是人為或是自然災害，無一處完好。

「我們應該沒有要進去吧？」禹艾琪問。

「妳會怕嗎？」趙育澤想，要是能借此拉近一點距離就好了。

禹艾琪搖頭。

她並不是無神論者，只是更秉持不做虧心事，不怕鬼敲門的信念。

「我是怕這裡荒廢了這麼久，進去不太安全，要是有什麼東西掉下來而受傷就不好了。」

「有夠理性。」其他人發出笑聲。

「說得沒錯，我們在外面逛逛就好，進去的話太危險了。」柯品任也認同。

「蛤！難得過來吔，不進去嗎？」但是崔卉嵐可就抱怨了。喜好靈異事物的她怎麼能錯過這難得機會呢？於是慫恿著大家。可是危樓是事實，大家也不可能拿命開玩笑，於是妥協在建築物附近繞繞即可。

他們走到建築物的門口，幾個人興奮地拿出手機拍了好幾張照片，甚至立刻查看有沒有拍到什麼鬼影。禹艾琪則是好奇地往裡頭張望，原以為會看見零散的家具積滿厚厚灰塵，但意外的是裡頭沒有任何家具，只剩下斑駁的壁紙和破碎的天花板及磁磚。

這境況就連崔卉嵐這被靈異沖昏頭的膽大白目，也因為安全問題而放棄進去。

幾個人繞了建築物周圍一圈，拍了好幾張照片，最後大家在建築物前合照了幾張就決定打道回府。

「艾琪，我們交換一下LINE，我可以傳照片給妳。」趙育澤總算鼓起勇氣。為了能要到禹艾琪的帳號，他可是布局很久，才會故意拿自己的手機幫大家合照。

「好啊。」禹艾琪哪會發現趙育澤的小心思，便拿出自己的手機。但就在此刻卻颳起了一陣詭異的強風，將所有人的頭髮、帽子甚至是外套的衣襬吹得凌亂，他們一陣驚呼，雙手下意識地要擋在臉前。

這陣風過於強大，吹落了本就脆弱不堪的廢墟外牆磚瓦，於是就這樣硬生生地落下了兩片，好巧不巧，瓦片就這麼落向禹艾琪的頭頂。可是事發突然，沒有任何人發現——

不，趙育澤立刻伸手推開了禹艾琪，就這麼取代了她原本的位置，那磚瓦不偏不倚地掉落到他的頭頂。

可是那一瞬間，他腳步一個不穩，就這麼閃過了原本會致命的攻擊，磚瓦擦過太陽穴邊與側臉頰，雖然傷害已經降至最低，但還是劃出了帶血的傷口。

「好痛……」被推倒在地的禹艾琪先是摀著頭，怪異的風停歇了，但她很快地注意到身上的重量，臉色倏地刷白。「天啊！」

眾人只見倒在她身上的趙育澤，以及一灘血泊。

……

畢業旅行雖然發生意外，但多數人的行程還是繼續，畢竟隔天就要返家，而趙育澤的傷口也幸運地沒有看起來那麼嚴重，不過還是縫了幾針。

禹艾琪哭哭啼啼地感謝他，甚至願意待在醫院照料而放棄後續行程，導師們明白她的愧疚之心，於是便答應。

對此，趙育澤雖然傷口很痛，但能和她關係突飛猛進，他還是覺得十分划算。

「但妳其實不用這樣。妳瞧，我推開妳，我也才受了輕傷，但如果是妳被砸到，那後果不堪設想。」趙育澤講起當下的狀況，心有餘悸。

「所以我更要感謝你，要在這邊陪你才行，至少得陪到你爸媽來，讓我能夠親自跟他們道歉……還有道謝。」禹艾琪在這方面可是非常講究的。

趙育澤害羞地抓了抓頭，傷口彷彿也不那麼疼了。

「艾琪，妳要不要去吃點什麼？或是老師去買回來呢？」趙育澤的班導姓陳，他從走廊進來，剛辦好住院手續，並聯絡完趙育澤的父母。

「我去美食街吃就好，順便跟我爸媽聯絡一下，謝謝老師。」禹艾琪起身和陳老師頷首，並詢問趙育澤需不需要些什麼。後者搖搖頭，一臉眷戀地看著禹艾琪離開病房。

「趙育澤，你看起來雖然很開心，但要把大家都嚇死了。」陳老師資歷豐富，面對學生各種狀況不至於手忙腳亂，但這次還是嚇得不輕。

「吼，老師，我這是愛的勛章喔！」

「還能開玩笑。」陳老師搖頭，年輕人談戀愛時，總是轟轟烈烈呀。

禹艾琪自然是沒聽到他們的對話，來到美食街邊吃邊和父母報告狀況，接著才有時間查看訊息。有個陌生的名字傳了好幾則訊息，她打開以後，發現是柯品任，他怎麼會有自己的手機號碼？帶著這樣的疑問，她點開了訊息。

「禹艾琪，我是柯品任，跟崔卉嵐要了妳的聯絡資訊，因為有些話我覺得還是

要告訴妳一聲，而且是私底下的。」

禹艾琪繼續往下滑。

「剛才在廢墟那邊，最後揚起的怪風很不尋常，那時候我起了雞皮疙瘩。不知道妳信不信這些，可那陣風絕非偶然，趙育澤的傷也並非偶然。那掉落的磚瓦，一開始是針對妳的！妳要小心，最好去廟裡拜拜！這都太詭異了！」

禹艾琪一愣，瞬間覺得寒毛直豎。明明是身在人聲鼎沸的美食街裡，她卻頓時渾身發冷。

「別、別胡思亂想，沒事的。」她如此安慰自己，趕緊吃完東西，回到病房。

趙育澤一見到禹艾琪，開心地笑了起來，卻發現她的臉色有些僵硬，便詢問怎麼了。

要告訴他嗎？禹艾琪內心猶豫，可現在在醫院，況且受傷的是趙育澤，她說這些就太不識相了。

「沒什麼。你爸媽什麼時候到呢？」所以她轉移話題。

「他們在停車場了，陳老師說他下去接他們，然後就送妳回飯店。」趙育澤有點不捨。「那個……在發生意外前，我們原本要交換LINE的。」

「啊，對，要傳照片。」禹艾琪拿出自己的手機，並打開了QR CODE讓對方掃描。趙育澤的頭貼便出現在她的訊息欄上。

「那我就——」

「育澤啊！」忽然間，病房門被打開，是著急的趙家父母，一看見寶貝兒子臉上的繃帶，簡直欲哭無淚。

禹艾琪見到對方父母立刻道歉與道謝，最後一陣兵荒馬亂之下，終於平安落幕，在陳老師的陪同之下，一起搭了計程車回到飯店。

途中，趙育澤找到空檔將廢墟的照片傳給禹艾琪。

明明在照片裡，大家都還笑得很開心，怎麼會知道在幾分鐘過後，就會發生意外事件呢……

這照片看得禹艾琪有些心驚膽跳，正打算把照片也傳給崔卉嵐的時候，卻注意到了合照後方，在建築物的大門附近有個黑影。

她心一跳，以為自己看錯了，連忙放大。

要說是光影反射或是眼睛的錯覺都說得過去，但此刻看起來，卻真的像是一個人形的黑影一般，直挺挺地站在那裡。

這下子她牙齒打顫，身體發顫。

早知道就不要去廢墟探險，這下子遇鬼了……

02

她並沒有將那張照片主動傳給朋友們看，但回到飯店後，二年一班到廢墟探險卻被磚瓦砸傷的事情早就傳遍整個二年級。

因為是在遠近馳名的廢墟發生的意外，不需要他們多說什麼，早就被繪聲繪影地傳得像是有鬼魂作祟一般。況且柯品任也在隊伍之中，很快地就有人去找他證實。柯品任卻說「不便告知」這種此地無銀三百兩的話，等於是間接證實。

這下子，整個二年級都嚇壞了，當然其中不乏也有很多不信邪且想要嘗試或挑戰的人，但礙於隔天就要返回學校，無論是對想探險或是想逃離的學生來說，都是一個好消息。

「艾琪，妳沒事吧？」聽聞這驚悚的消息，孫又嘉擔憂地問。沒想到在她和沈必佑去約會後，會發生這樣的事情。

「怎麼一下子就變成鬧鬼了。」崔卉嵐皺眉。

「還不都是因為柯品任說那句話，才會讓大家都人心惶惶。」孫又嘉對於柯品任不識大局的做法不是很認同。

「如果有的話，要他說沒有也很奇怪吧！」崔卉嵐幫他說話。

「不是啊，反正都離開了，就算有什麼東西，他也可以選擇不說呀，才不會讓大家這麼害怕。」

「是沒錯啦！但是就……」崔卉嵐想不出可以幫柯品任解釋的理由，轉而看向禹艾琪。「所以意外真的是鬼魂造成的嗎？」

「我、我怎麼會知……」禹艾琪結巴，但想了想，還是把照片點開給她們兩個看，結果惹來一陣驚叫。

「這得快點通知柯品任！」崔卉嵐立刻撥出手機號碼，另外兩個人還來不及阻止，柯品任便已經被約到房內了。

「我這樣偷偷來，如果被老師發現問題就大了。」柯品任可是戴上了粉紅色的帽子變裝。

「現在被老師發現已經不是問題了！」崔卉嵐拿出照片，比著那道黑影。

「看，有鬼！」

這句話說得輕巧又有點搞笑，但在房內的四個人可都雞皮疙瘩竄起，柯品任更是睜大眼睛。「但是拍照的當下，我也沒有感覺啊……」

「鬼就在那裡，你也沒有感應到？」崔卉嵐這下子要懷疑柯品任的能力了。

「我說過好幾次，我不是陰陽眼，只是能感應到不同的東西。而且如果靈體沒有惡意的話，那我也感應不到啊！」柯品任碎唸。

「什麼？你不是隨時都看得到鬼嗎？」崔卉嵐彷彿聽到什麼震驚的消息。

「我明明說過好幾次！」柯品任再次翻白眼。「妳根本就只聽自己想聽的！」

「哦，我忽然喜歡你了喔！」孫又嘉彈指。

被一個正妹這樣直接地稱讚，讓柯品任有點臉紅，咳了一聲才說：「不過這個男生怎麼會這麼突然出現，還被手機拍到。」

「什麼？」三個女生異口同聲。

「我的意思是，正常來講就算被拍到，也不會顯現出來呀，有可能是故意要被看到……」

「不是，你說男生？」孫又嘉問。「我們看到的只是黑影。」

「呃，真的假的？」柯品任又看了一眼。「雖然不是很清晰，但是個男生。」

「那你這樣看得到，表示他有惡意了？」

「不是，我很難跟妳解釋啦，反正我靈感比較強，有時候即便一起遇鬼，在你們眼中鬼如果是480P，但我眼中的鬼就是1280P。所以你們看見黑影，但我看見的是形體也是正常的。」柯品任瞇眼，將照片放得更大。「反正沒有惡意啦……」

「沒有惡意的話，那表示那場怪風不是他造成的嘍？」禹艾琪求證。

「呃，有可能是不同的靈體，我也不知道。」柯品任聳肩，不過把照片放大到極致後，他忽然呃了聲。

「怎麼了？」崔卉嵐趕緊問。

「哦，這個……」柯品任看了禹艾琪一眼。「我不知道該不該……」

「你講得還不夠多嗎？快講！」孫又嘉用手推了他一下。

「那個男生，好像盯著妳看吔。」柯品任比了比禹艾琪。

根據他的描述，他雖然看不太清楚男鬼的模樣，但能確定他沒有惡意，只是眼神有點哀怨，站在後面盯著禹艾琪看。

這句話讓禹艾琪整個人起了雞皮疙瘩，那個晚上完全睡不著。

隔天回到台北後，她立刻拖著行李就往廟裡去。孫又嘉和崔卉嵐當然也跟上了，而沈必佑一見到孫又嘉急忙離開學校，自然也跟了上去。

結果一行人浩浩蕩蕩來到寺廟前，將行李集中放一處，並由沈必佑來顧。

「怎麼這樣？我們幹麼來寺廟？」沈必佑嚷嚷。

「就不知道你跟來做什麼，直接回家不行嗎？」孫又嘉雖然嘴上這麼說，但是看起來還是很開心。

「艾琪被鬼跟了，所以要來拜拜啦！」結果崔卉嵐狗嘴吐不出象牙，這讓沈必佑瞪大眼睛。

「啊啊，就是跟品任他們去廢墟的那件事情是嗎？妳們真的很誇張吔，品任和育澤他們就算了，妳們跟去探什麼險啊，有夠危險。」沈必佑教訓起人來還頭頭是道呢，完全忘記自己也促成了他們的會面。

「閉嘴啦，人家就夠害怕了，別落井下石。」孫又嘉捏了對方。「而且還不是你一直吵要單獨見面！不然我們可是優雅的咖啡廳巡禮行程！」

「我只是……」沈必佑委屈極了。有口難言啊！怎麼能說是因為趙育澤想要見禹艾琪呢？

「別理他，我們快進去吧。」孫又嘉哼了聲，拉起姊妹就往廟裡走，留下沈必佑孤零零地在外面守著行李。

禹艾琪一進到寺廟後，立刻添了香油錢，虔誠地拿著香依照順序走過一遍，最後又回到主殿，請求關聖帝君賜張平安符，同時也抽了籤。

生前結得好緣姻
一笑相逢情自親
相當人物無高下
得意休論富與貧

三個人湊在一起看著這張籤，不明白是什麼意思。

「但是是好籤吧？它寫中吉呀。」崔卉嵐比了上頭的字樣。

「找解籤的師姊吧！這樣比較安心。」孫又嘉行動力第一，立刻走到解籤的隊伍排隊。

禹艾琪懷著忐忑不安的心來到解籤台前，接過籤詩的是一名戴著眼鏡、頭髮花白的奶奶，她看完籤後笑咪咪地說著：「妹妹想要問什麼呢？」

「她被鬼跟啦，想問問看有沒有害。」崔卉嵐在一旁插嘴。

「被鬼跟？」老奶奶一笑。「沒有的事情啦，這是張好籤喔。」

「好籤……」禹艾琪鬆了一口氣，孫又嘉也拍拍她的肩膀。

「是呀，這籤詩提到了以前的緣分會回來喔，是妳的貴人，也是好事情，好好珍惜周邊的人，以及周邊的緣分。」

老奶奶的話彷彿給禹艾琪打了強心針一樣，尤其拿到護身符更是覺得一切都踏實多了，緊繃的神經總算可以放下。

就這樣，感謝這群朋友的陪伴，他們幾人在捷運站說了再見，便踩著輕快的腳步回去了。

「還有一點時間，我們要不要去約會？」好不容易只剩下他們兩個，沈必佑痞痞地伸手搭上孫又嘉的肩膀，換來的是孫又嘉用力踩了他的腳背。「好痛！」

「就說了，在外面不要動手動腳！」孫又嘉握緊拳頭，滿臉漲紅。

「這邊又沒有人認識我們……」沈必佑好哀怨。「禹艾琪的男友也很噁心，妳怎麼就不這樣教訓他？」

「什麼？」孫又嘉有聽沒有懂。

「而且為什麼她男友就可以跟著進去廟裡，我就要顧行李？」沈必佑彎腰拍了自己被踩黑的球鞋，心疼得很。

「你到底在講什麼？什麼男友？」孫又嘉覺得哪裡不對勁了。

「就一個男生呀，都跟在禹艾琪身邊。」沈必佑皺眉。印象中禹艾琪沒男友啊，真是糟糕，他之前還跟趙育澤說她單身呢。「她什麼時候有男友了？」

這句話讓孫又嘉再次起了雞皮疙瘩。

「從什麼時候到什麼時候？」

沈必佑被她嚴肅又緊張的模樣嚇到。「就……最一開始在捷運，到剛才說再見都有……」

「禹艾琪沒有男朋友！你是忘記了她因為什麼才要去廟裡嗎？」孫又嘉真是氣壞了，趕緊拿了手機就要打電話給她。

可是她馬上頓住。告訴她了又怎麼樣呢？她們沒辦法解決，只會讓禹艾琪更加害怕。

況且她好不容易才因為抽到好籤而安心許多，自己沒必要再挑起她的恐懼。

「這件事情，你不要告訴別人。」所以，孫又嘉放下手機，抓緊了沈必佑的手。「知道嗎？」

「妳嚇到我了。所以我剛剛是看到鬼？但是那不像鬼啊，是很正常的人……」

「不要再說了！這件事情就到這裡！」孫又嘉再次重申，沈必佑只得點頭。

柯品任說他看得到的鬼都是帶有惡意，可是在照片中的鬼，他卻沒感應到。可之後那陣怪風又說是針對禹艾琪，又說男鬼看著她……實在是太混亂了！

沒關係，廟裡給的籤詩是別擔心，更重要的是，那個男鬼還跟進去廟裡。

連廟都可以進去，神明不會不管的吧？

所以說，那一定不是壞鬼、不是害人的，只是剛好是鬼而已。

孫又嘉只能這樣相信著。

畢業旅行結束後已經過了兩個禮拜，這段時間一切平安無事，同學們早就都忘記了當時發生的靈異事件，而且除了那張廢墟前的照片外，其他照片都沒有問題。

況且過了幾日，當她們再看那張照片時，卻覺得後面的黑影像是人只是自己的錯覺。

不過對於這一點，柯品任倒是不予置評。

趙育澤也早已痊癒回到了學校。因為自己的關係讓他受傷，所以禹艾琪很常去找他，提供一些小飲料或是零食。

「妳這樣子一直送食物，我很快就會變胖的。」趙育澤倚靠在門邊，看著她笑，一臉沒辦法的模樣，卻笑得很開心。

「不然不知道怎麼……」禹艾琪擔憂地看著他臉頰上的美容膠帶。

趙育澤注意到她的視線，摸上了自己的臉，聳聳肩瀟灑地說：「這沒關係，我是男生，這樣還是英雄的勳章呢！」

「可是留下疤痕……」

「不是說了嗎？英雄的勳章。」他說完後笑了幾聲，禹艾琪也跟著笑了。趙育澤睜大眼睛。「妳終於笑了。」

「咦？我沒笑過嗎？」

「不是那個意思，因為妳每次見到我都在看我的傷口，然後都皺緊眉頭，看起來很擔心，像是這樣。」說完趙育澤做了一個誇張的皺眉模樣。「所以現在笑了，在我面前笑了。」

他露出了溫柔的神情，這氣氛彷彿冒出粉紅泡泡，讓周遭的人都注意到趙育澤的感情。禹艾琪先是尷尬一笑，接著發自內心地笑了出來。

「我還沒好好跟你道謝。」

「妳已經道謝很多次了。」趙育澤提到兩人每次LINE的訊息，禹艾琪一定都是道謝結尾。

他們相視，露出了笑容。

這氣氛是不是很好？是不是應該開口約她週末單獨看電影？感覺她好像會答應。如果有顧慮，他也可以馬上改口說找朋友一同去，這樣也是機會。

拚了，趙育澤！加油！

就在趙育澤要開口邀約時，窗外忽然颳來一陣強烈的風，教室裡，桌面上的東西都被吹得東倒西歪，喝一半的寶特瓶、鉛筆、測驗紙等等，頓時亂成一團。

「哇！」禹艾琪往牆邊一閃，躲去了風的蹂躪。

而同時，趙育澤也跟著轉身出了教室，在這瞬間和禹艾琪貼得很近，幾乎是壁咚的程度，這讓禹艾琪面對比自己高的趙育澤心跳加快，兩個人就這樣凝視對方。

那陣怪風倏地更大了。柯品任立刻跑出教室，對著趙育澤喊：「快進來！」

「怎麼了？」趙育澤原本沉浸在甜蜜氣氛中，忽然被拉出現實。

「快給我進來！」但是柯品任的臉色難看，甚至出手強拉趙育澤。此時鐘聲也正巧響起，所以禹艾琪往旁邊一移。

「那我先走了，記得喝那個飲料。」她不太敢看對方，揮了手就趕緊離開。

「啊……吼！柯品任，你真的是壞好事吔……」趙育澤原地蹲下，手肘頂在膝蓋上。「我原本要約她出去的！」

柯品任臉色鐵青，回頭看了凌亂的教室一眼。那陣怪風已然停歇，他又看向前方遠去的禹艾琪。

「你還是放棄禹艾琪吧。」柯品任這麼說。

「為什麼？難道你也……」趙育澤立刻站起來。

「我才沒那個膽子。」

柯品任回到教室，和班上的同學們一起收拾彷彿被颱風肆虐過後的狼藉。

禹艾琪一路跑回教室，覺得心臟跳得飛快。

剛才趙育澤這麼靠近自己，彷彿都能感受到他的吐息，從來沒有和男生這麼靠近過的她，總覺得臉都熱了起來。

她用力拍了一下自己的臉頰，別想太多，然後趕緊回到教室。

而在她身後，緩緩出現了一道黑影，沮喪著臉，彷彿撕心。

這堂課的老師還沒來，班上同學正各自聊天。孫又嘉和崔卉嵐看見禹艾琪紅著臉回來，兩個人互看一眼後，賊笑著要禹艾琪交代清楚。

「是怎麼了嗎？趙育澤約妳出去？」孫又嘉戳著禹艾琪的臉頰。

「沒有！為什麼會這麼說？」禹艾琪否認。「不要戳我啦！」

「那妳臉為什麼這麼紅？」崔卉嵐追問。

「因為我用跑的回來呀。」禹艾琪拿起桌上的水喝了一大口。「我們教室整理得還真快。」

「什麼意思？」

「剛才在趙育澤班上有一陣很強的風，把東西都吹得亂七八糟的，我想我們教室也會遭殃。」她環顧一圈，連後面的垃圾也收得很乾淨。

「什麼呀，哪有風呀？」崔卉嵐比了外頭陽光普照、幾乎無雲的藍天。「我還希望有些風呢，快要熱死。」

「真是奇怪。」風會這樣只吹到那邊嗎？明明他們的教室面向是一樣的啊！

「不要管風了啦，所以妳喜歡趙育澤嗎？」孫又嘉喜歡愛情話題。

「怎麼會說到喜歡？」

「不然妳那麼常進貢小東西給他，不是喜歡嗎？」

孫又嘉的話讓禹艾琪翻白眼。「那不是進貢，我是為了答謝他的救命之恩！」

「答謝得也太多了！」崔卉嵐雖然對愛情沒興趣，但調侃朋友這種事情倒是很樂意。「而且趙育澤很受歡迎的呢，很帥，我看他對妳也滿有意思的。」

「哪有啊！不要亂講。」禹艾琪紅了臉。

「唉唷，臉紅了！」

「果然有鬼！」

兩個朋友開始嬉笑，禹艾琪就算沒感覺，也被講得好像喜歡趙育澤了一樣。但就在這瞬間，孫又嘉和崔卉嵐桌面上的鉛筆盒砰的一聲掉到地上。

她們三個瞬間一愣。沒有風，也沒有人撞到，全班同學這時都看了過來，只見兩個鉛筆盒就這麼突兀地摔在一起。

「這是怎麼……」崔卉嵐張大眼睛四處望。哇噻，是鬧鬼了嗎？

「一定是我們自己撞到桌子。」孫又嘉給了合理解釋，彎腰撿起兩個鉛筆盒。

大家面面相覷，繼續做自己的事情。

禹艾琪記得她們兩個的鉛筆盒都放在桌面正中央，不可能會無故掉落，但剛剛彷彿像是有人伸手拍掉的一樣……

最近，也太多怪事了吧……

她握緊了放在口袋的平安符，覺得自己還是別想太多比較好。

03

球鞋摩擦地板、籃球拍打地面、場邊女孩尖叫的聲響融合並迴盪在體育館中，裡頭正有三個班級上課，但體育館占地廣大，三個班級分別在不同的籃球場上。

趙育澤看著場邊的禹艾琪，她正和同學們有說有笑，於是他將視線轉回自己的籃球上，又看了她一眼，下一秒，手上正拍打的籃球就被抄走。

「打球發什麼呆呀！」沈必佑眨眼，從趙育澤的身邊呼嘯而過。

「可惡！」趙育澤追上，卻來不及阻止沈必佑的三分長射，就這樣輸了比賽。

「沈必佑很棒喔！」孫又嘉難得地為他喝采。沈必佑朝她們的方向豎起拇指，趙育澤也看過去，禹艾琪也正巧看過來，兩人下一秒又閃開眼神。

「很可疑喔，為什麼要閃開眼神？」孫又嘉當然沒放過這樣的戲碼啦。

「就覺得怪怪的而已，吼，不要亂猜。」禹艾琪囁嚅。

「在一起要說喔。」崔卉嵐也說。

「不要鬧了！」禹艾琪喊。

這一頭的趙育澤當然聽不到她們在講什麼，只為自己剛才沒能在禹艾琪面前帥氣長射灌籃這一點感到遺憾。

「趙育澤，你喜歡禹艾琪對吧？」與他同組的柯品任氣喘吁吁，用袖子擦了一下汗水。

「什麼啊，你現在才知道？」趙育澤沒有想要隱瞞，拿起一旁的礦泉水。

「我是好心提醒你，別對禹艾琪有什麼想法。」柯品任說著，一邊瞇起眼看著禹艾琪身周。

「你上次也這樣說，難道你也喜歡禹艾琪？我不知道你對靈異以外的東西，特別是愛情也有興趣。」他講話刻意酸了起來。

「啥，我上次不是回答過了，我還愛惜生命。」因為沒有惡意，柯品任此刻看不見禹艾琪身邊有沒有東西。

「什麼意思？」

「你可以試著邀約禹艾琪出去約會看看，絕對不會成功。」柯品任說完後坐到一旁，不再回應。

「一下叫我不要追她，一下又叫我約她出去，到底是怎樣？」趙育澤碎唸，但還是往禹艾琪的方向走去。

沈必佑在孫又嘉身邊說話，而崔卉嵐注意到趙育澤靠近，連忙頂了頂一旁的禹艾琪。她紅起臉，覺得有些尷尬，又心癢癢的，看著趙育澤靠近。

「那個，禹艾琪。」趙育澤來到他們面前，孫又嘉和沈必佑也注意到了，趙育澤抓了抓臉頰。「妳這個週末有空嗎？」

「咦？」禹艾琪一愣，按著自己的手指尖。怎麼辦，他是要約自己嗎？

雖然幾個朋友平時愛起鬨，但是這種時刻，孫又嘉和崔卉嵐倒是挺識相地安靜著，看著趙育澤的邀約。

「哎喲，你……好痛！」就連沈必佑原先要開口調侃，也被孫又嘉一個肘擊而閉嘴。

「我……」禹艾琪的臉更紅了。真是奇怪了，為什麼自己會這麼彆扭和緊張呢？「我……」

「小心——」球場上的人傳來驚叫。忽然，一顆籃球飛速地往他們這邊過來。

「趙育澤！」沈必佑立刻伸手推了趙育澤。就這樣，他閃過了忽然飛來的籃球，免過了重擊。

可也因為這一閃，而讓球直接命中原本在他前面的禹艾琪臉部。

砰的好大一聲，此時像是漫畫才會有的畫面一樣，五官被擊中的禹艾琪傻愣，一會兒，鼻血緩緩地流了下來。

「禹艾琪！」一旁的孫又嘉立刻大喊。事發突然，那痛感還沒傳到禹艾琪的腦，她伸手摸了下鼻子，看見了紅色的血，接著馬上暈倒。

一陣兵荒馬亂間，大家趕緊將禹艾琪送去保健室，而在遠處的柯品任則雙手覆著自己的上手臂，瑟瑟發抖。

「剛剛那顆籃球不是我丟的！是它自己飛出去！」打球的「罪魁禍首」正大聲解釋著，球場上防守的人也指證歷歷，他拍打籃球時，籃球卻直接往一旁飛去，彷彿導彈似的瞄準了趙育澤的後腦。

柯品任相信，因為剛才他清楚地看見，隨著趙育澤逐漸靠向禹艾琪，她背後的黑影也越發清晰。就在趙育澤開口邀約的時候，那黑影變得更清晰，猙獰的男孩面孔散發著強烈的……嫉妒。

是那男鬼讓籃球往趙育澤的身上過去的。

每當趙育澤要靠近禹艾琪，甚至是進一步的時候，就會換來男鬼的攻擊。

「所以說，別靠近她啊！」

被鬼喜歡上，禹艾琪還真是……厲害啊。

唰——

禹艾琪睜開眼睛，自己居然站在一片草原上。

她一愣。這種熟悉的感覺，還有這片草原和空氣，她低頭看了自己的手腳，穿著的還是學校運動服。

「天、天啊！」她開口說話，自己居然發得出聲音。

她興奮極了，沒想到自己能回來這片夢境。

對，她在夢裡。她知道自己正在夢中，這曾經熟悉卻久未回來的夢境。

她在草原上奔跑、大叫，盡情玩樂，可是很快地，她卻察覺到不對勁。與小時候那無憂無慮地玩耍一整天不一樣了，這次，她清楚地感覺到這地方的一切像是靜止的。

雖然風吹過，雖然雲會變化，可是沒有其他聲音，且無論她怎麼奔跑，前方的景致始終如一。

沒有盡頭，沒有變化，沒有城市，只有一望無際的草原。

這個曾經讓她覺得有趣又安心之地，此刻卻讓她心慌了起來。

「有沒有人啊？」她大喊著，卻聽不到自己的回音，連她的聲音都被這無盡的空間給吞噬了。

「明明有個村莊的，明明有個人會出現的！」她邊跑邊喊，卻徒勞無功。

「我不要待在這裡，快點醒來、快點醒來！」她蹲到地上大叫，將頭埋在雙膝之間，雙手則抱住頭，想將自己縮小，認為這樣就會醒來。

可是她感受到有一股陰影籠罩下來，她嚇了一跳地抬起頭，只看見一個漆黑的人影。什麼時候這裡起了大霧，濃烈得什麼都看不清楚。

「讓我出去！」她大喊，朝這個人求救。

「妳真的想離開？」男生的聲音聽起來很哀傷，比了比後頭的村莊。「妳不進去嗎？」

明明大霧繚繞，她卻看見了身後那幢幢黑影，是每次都會隨他出現的村莊。

「不要，我要回去，讓我醒來！」禹艾琪用力搖頭，用盡全身力氣拒絕。

男生很是受傷，即便看不見表情，也可以感受到他的哀傷。

不一會兒，後頭的村莊消失、他消失、大霧消失，就連眼前的草原也消失了。

取而代之的是雪白的天花板，還有臉頰的疼痛。

「嗚……」她發出聲音，驚動了一旁的保健老師。

「醒了？先別急著起來，妳剛才還暈倒呢。」保健老師先將後頭的枕頭立起，讓她能夠靠坐在床上。

禹艾琪則有些恍惚地看著周遭。她暈倒了？

啊，對，她被籃球打到臉，有夠痛的。

然後她好像做了場夢，很懷念，但是又記不得了，只依稀記得感覺，有點害怕、恐懼，到了後頭，又感受到悲傷。

———

一下課後，趙育澤就要直奔保健室探望禹艾琪，卻被柯品任阻止。

「我現在沒空。」

「我說不會成功，沒說錯吧？」

「現在不是講這個的時候。」趙育澤要閃過柯品任，但他卻再次擋在面前。

「我說了不要靠近禹艾琪。」

「理由呢？」

「這還不清楚嗎？」柯品任瞪大眼睛，卻壓低了聲音。「我是現在才有辦法跟你講，你知道我冒著多大風險？」

趙育澤皺眉。

「禹艾琪身邊有鬼跟著她，說好聽點是保護她，但講直白點就是……那鬼是你的情敵。」

「什麼鬼?!」趙育澤真是傻眼，第一次聽到這種理由。

「是一隻嫉妒心很強的男鬼，大概是從廢墟那邊跟來的。我原本以為他是要害禹艾琪，但觀察後才發現不是。你沒發現只要你打算更進一步的時候，就會受傷嗎？今天是沈必佑剛好推開你，不然那籃球是正中你後腦的！」

「這些都只是巧合，你別怪力亂神。」

「我怪力亂神？一直以來的怪風，還有那忽然轉彎的籃球，這是我怪力亂神？」柯品任握緊拳頭。「我是好心提醒你，而且也只有辦法說這一次，下次男鬼在場，我不確定他還會怎麼做，你是有幾條命？」

「這……」趙育澤結巴。「哪有這種事情，就算是真的，就沒有辦法處理嗎？啊，神明！打鬼就要找神啊，我今天就去廟裡！」

「這也是辦法之一，但至少今天別再接近禹艾琪，知道吧？」柯品任嘆氣。

而他們的這番談話，卻被還坐在位子上的沈必佑聽見了，他大驚，也沒想著後果，便直接傳了訊息給孫又嘉：「**禹艾琪真的被鬼愛上了！**」

這句話看得孫又嘉背脊發寒，但她沒傻到直接跟禹艾琪講，可是這段訊息卻被一旁的崔卉嵐看見。

有關靈異的事情她可不能噤聲呀！

「這種事情如果不跟艾琪講，等發生什麼的話還得了?!」她說得很有道理。

「但是廟裡說沒事，柯品任也說沒事，妳告訴艾琪不就只是白讓她害怕？」孫又嘉抓住要衝往保健室的崔卉嵐。

「柯品任是之前說沒事，但是妳看沈必佑說的，這一次是柯品任主動講禹艾琪有鬼跟著吔，這種事情不是開玩笑的。妳昨天看病沒事，下禮拜看病就不能有事嗎？」這舉例雖然很奇怪，卻也說服了孫又嘉。

於是兩個人來到保健室，正巧躺了半節課的禹艾琪也從床上起身，準備回到教室去。

「妳們還來接我呀！」禹艾琪看見朋友很開心，卻發現兩個人面面相覷，臉色看起來欲言又止，她以為兩個人又要調侃趙育澤，立刻翻了個白眼。「不要再說趙育澤了喔……」

「我們今天放學去廟裡吧！」結果兩個人異口同聲，讓禹艾琪愣了下。

「為什麼？不是已經沒事了嗎？」

她下意識地把手伸到口袋裡面，握緊了平安符。

兩個人想了半天，最後決定告訴她實話。

「被鬼喜歡上」這種事情大概是人生最爛的桃花了，這讓禹艾琪刷白了臉，嚇得腳都軟了。

「我、我不可能跟鬼在一起啊……等一下，不會是要把我殺死然後當鬼新娘吧？」禹艾琪抓住兩個朋友的手。

「這應該不會吧……聽起來只會對喜歡妳的男生下手，不會對妳……不過以後會怎樣就難說了。」崔卉嵐因為後面那句多餘的話而被孫又嘉打了一下。

「別擔心，反正我們直接去廟裡就好，沒事。」孫又嘉安慰。「不過不要去上次那間了，我們換去別間。」

「為什麼？那一間最近，香火也很旺盛啊。」禹艾琪問。

「因為……好啦，都這種時候了，我就告訴妳吧，沈必佑上次陪我們去，說看見了一個男生跟著妳，他以為是妳男友。那間廟會讓那個男鬼進去，我覺得換一間廟比較保險。」

孫又嘉的話讓另外兩個女孩倒抽一口氣，崔卉嵐忽然摀住自己的嘴巴，驚訝地說道：「如果那個男鬼一直跟在禹艾琪身邊，那那那那……他不就聽到我們說晚一點要去廟了嗎？電影小說都這樣演，會殺了多事的朋友！」

這一番猜測讓三個女孩人嚇人，嚇死人，最後決定找最懂的人，也就是柯品任出馬。

柯品任收到崔卉嵐的訊息，先是衝過去揍了大嘴巴沈必佑一拳。後者何其無辜啊，話說回來，這種事情本來就是需要提醒一下的吧，難道眼睜睜看著禹艾琪就這樣被鬼纏得一生都沒有桃花嗎？

「所以當然要告訴她啦！」沈必佑就像是小說裡的男主角一樣，說得大聲並且義正辭嚴，那正氣凜然的模樣頓時讓原本不想多嘴的柯品任顯得自私不已。

「你！我真的不知道該怎麼說！」柯品任氣噗噗的，光是要提醒趙育澤就已經讓他冒著小危險了，沒想到沈必佑還直接告訴對方。

他們看不見鬼，不知道鬼一直就在身旁聽著。

他不是那麼冷血的人，只是要說，也要找一個安全的地方說啊！

「反正都講了，現在就是要想辦法解決吧！」趙育澤雖然會怕，但被纏上的是禹艾琪啊！

「我剛剛問過又嘉了，她們今天放學會去拜拜，我們就一起——」

「等一下。」柯品任打斷沈必佑的話。「趙育澤，我覺得你不要去比較好。」

「為什麼？」

「那男鬼的目標一定是你。你忘記那是你的情敵嗎？別忘了已經有傷害過你的兩次前科了，不怕這一次他真的要你的命？」他不是開玩笑。

「難道就沒有王法了嗎?!」趙育澤發難。

「我們有法律，還不是一堆人犯罪。」沈必佑兩手一攤，倒是贊同柯品任的話。「不要拿自己的命開玩笑，先跟神明照面過後，再看怎麼樣吧。」

趙育澤握緊拳，覺得非常窩囊又憤怒。如果是有其他強大的對手就算了，偏偏卻是這種一開始就存在於不同維度的情敵，更何況對方還能「不小心」要了自己的小命，這可是從來沒料想過的……

-- -- --

放學時間，五個人一起來到廟宇。因為多了兩個男生的陪伴，也讓她們心中比較踏實。

不過一踏入廟中，才準備添香油錢的時候，只見廟方人員看了他們一眼，隨即說道：「這個，我們這邊沒辦法解決。」

「什麼？」柯品任瞪大眼睛，他們甚至沒有說明來意就被拒絕了。

隨後又跑了兩家，都是一樣的結果，只見天色也晚了，他們只能原地解散。

「怎麼會這樣？是多強大可怕的鬼怪，才能讓神明也不願意幫忙。」禹艾琪都要哭了，她現在超級後悔為什麼要去廢墟探險。

「我回去問問看……這太奇怪了，有些廟甚至我們才剛踏入，就請我們出去吔。」柯品任對於這樣的情況無法理解。

「回去問誰？你爸媽？」沈必佑好奇。

「……反正就是回去問問看。」柯品任不願說詳情。

「沈必佑，你還有看到那鬼嗎？」孫又嘉推了推沈必佑的手。

「沒有，可以的話也不想。」沈必佑打了個哆嗦。

「我是很喜歡靈異事物，但也不要這樣子的……」崔卉嵐喃喃。

「總之，根據過往經驗，他不會傷害妳，所以不需要害怕。妳也沒見過他的殘影不是嗎？所以他並不會嚇妳，也不會在妳面前現身。最有危險的就只有趙育澤，但只要他不靠近妳，也就相安無事。暫時只能這樣。」

「為什麼最有危險的是趙育澤？」禹艾琪問了個白痴問題，換來柯品任的冷眼。她瞬間理解了意思，忍不住紅起臉。「喔……」

「看樣子只能這樣了。」沈必佑聳肩，他們一行人什麼事情也無法解決。「妳會不會就這樣變成了鬼新娘？」

結果狗嘴吐不出象牙的沈必佑讓禹艾琪倒抽一口氣，這讓沈必佑換來孫又嘉的鐵拳。但禹艾琪沒空理會他的哀號，趕緊問柯品任。「會不會最後要我的命……」

「應該不至於啦……反正我會問問看。」但他也不能保證。

行程草草結束後，眾人將禹艾琪送回家中，才各自離去。

禹艾琪當然沒跟父母說這種事情，畢竟他們都是無神論者，她只能縮在自己的房間，用棉被包覆自己，戒慎恐懼地在房內四處張望。

「我、我不喜歡你……也沒辦法喜歡你，如果你喜歡我的話，就不要這樣嚇我……人鬼殊途……你還是去找跟你一樣的鬼女生……啊，不要把我變成鬼，人不能殺人，鬼也不能殺人……」她都不知道自己在說些什麼了，只得對著房內四處發好人卡。

反正柯品任說，那男鬼跟著她，那她這樣子拒絕，他應該也聽得到吧……希望他能想開，早早離去，才是上上策。

明明大家都沒說，但不知道為什麼，「鬼新娘」這個字眼隔天就傳遍了學校。

孫又嘉一大早就氣呼呼地衝到沈必佑的教室要找他算帳，但沈必佑卻哇哇大叫著說自己是冤枉的。

「我沒有說啊！我根本沒有講！」他在教室裡四處逃竄，孫又嘉緊追在後。

「你沒說的話，那怎麼全校都會知道?!什麼鬼新娘、禹艾琪被鬼纏、廟方人員不願意處理等，完全就是你這個大嘴巴——」

沈必佑躲到了柯品任的後面。「冤枉啊！我真的沒說，而且傳言也沒出現廟方人員……剛剛是妳自己說出來的。」

孫又嘉停下腳步，摀住了自己的嘴巴。只見這個班級的同學面面相覷，接著開始竊竊私語。

「昨天柯品任和趙育澤講話太大聲，大家都有聽見啊……我們只是在補習班討論，可能被別人聽到了吧？」結果幾個路人甲同學提起。「但我們真的不知道有廟方人員拒絕處理，哇，看樣子禹艾琪惹到的鬼很難纏喔！」

這下子大家更加興奮，很快，這消息便傳遍了整個校園。

「對不起，艾琪……」孫又嘉幾乎下跪道歉。最大的嘴巴，居然就是她自己。

禹艾琪，被鬼看上了，她是鬼的新娘。
別想追她，別想碰她，別想喜歡她。
半夜，鬼會敲門喔——

04

這傳言讓禹艾琪頭大無比，畢竟被鬼看上這種事情聽起來好笑，但真的發生是很可怕的，雖說會受到傷害的也不是自己……

反正本來自己就沒什麼桃花運……她原本是這樣以為的。

「難怪我之前要約禹艾琪回家時，就忽然從樓梯上摔下去。」

「我朋友是運動會要買飲料給禹艾琪，結果跌倒，一百塊的飲料直接浪費。」

「啊，聽說還有人要告白前被車撞到吔！差點死掉！」

「我朋友連要挑禹艾琪的生日禮物都受到詛咒，錢包被偷走！」

這些謠言或許都被加油添醋過，但總歸來說，禹艾琪不是沒有桃花，而是桃花都被那隻鬼給阻斷了。

「但是這樣很奇怪！」崔卉嵐一邊記錄著聽到的傳言，一邊寫下日期。
「被鬼喜歡上本身就很奇怪了。」禹艾琪的黑眼圈都出來了。
「啊，這真的很怪。」看著崔卉嵐登記的筆記，孫又嘉點頭如搗蒜。
「嗯，我們都以為那鬼是從廢墟跟來的，看來比我們想像的還早。」
「怎麼說？」禹艾琪哭喪著臉。
「因為他們提到妳生日啊，妳生日已經是畢旅之前了。」
「還有運動會也是。」
孫又嘉和崔卉嵐可是仔細聆聽那些閒言閒語，畢竟謠言雖然不見得都是真實的，但經過仔細篩選過濾後，一定有些可以參考的線索。
「那不就跟了我很久？」禹艾琪真的想不到是從哪裡就惹上了鬼桃花，才明白原來不是自己沒人氣，是被鬼阻斷了。
「反正別擔心啦，除非妳現在有特別想跟誰交往，不然暫時沒什麼大影響。」孫又嘉安慰著。
「這聽起來一點也不好。」
「怎麼？難道妳真的喜歡趙育澤？」崔卉嵐隨口說說。

「別傻了，我現在對趙育澤只有滿滿的歉意。」知道自己被鬼纏上，加上對自己有好感的人受傷這麼多次，別說萌生什麼感情了，禹艾琪根本就要隱居起來。

「總之別放在心上啦，有個鬼當靠山也不錯，就算會斷妳桃花，但某方面來說，也會保護妳對吧？」崔卉嵐樂觀地想著。

「嗯，至少沒人會惹妳。」孫又嘉也附和，但禹艾琪只是大大嘆口氣。

另一頭，坐在教室角落的許之翰瞥了這三個女孩一眼，碎碎唸著：「要討論也不小聲一點。」

他對這一切一點興趣都沒有，但現在整個學校都在討論這件事情——禹艾琪是鬼新娘。

許之翰冷笑。「有夠白痴。」然後起身往外頭走去，站在走廊上看著教室的三人組，眼神停留在孫又嘉和禹艾琪身上好一會兒。

走廊傳來急促的跑步聲，只見又是沈必佑來找孫又嘉聊天。他在門口狂喊老半天，但孫又嘉卻充耳不聞。

「真是白痴。」許之翰又說了聲，轉身看向外頭的天空。

天氣真好。

……

鬼新娘的話題熱度不減，時間久了，禹艾琪也習慣了，現在，她的外號也變成了鬼新娘。

有些男生會故意來鬧禹艾琪，但可能多少有點忌諱於是不敢開太過分的玩笑，又或是並非真心喜歡她，所以倒沒有什麼奇怪的事情發生。

可真正喜歡她的趙育澤就不一樣了，或許是鬼還能辨識真心吧，每當趙育澤企圖靠近禹艾琪時，便會颳來詭異的強風，不過也僅此而已。

人類是個會習以為常的生物，一開始，大家還覺得可怕，但久了發現也不過就是一陣大風罷了，便開始得意忘形。

「今天有點熱吔。」

「是啊，欸，趙育澤，禹艾琪經過了！」

幾個男同學在球場上笑鬧，對著正在走廊上準備換教室的禹艾琪大喊：「大嫂，趙育澤想約妳吃飯！」

「靠，你們這群——」趙育澤不爽地大喊，而禹艾琪也正好轉過頭來，兩人就這樣四目相視，然後便颳來了一陣大風。

「好涼啊！」

「謝謝鬼大哥！」

接著便有這樣的聲音此起彼落。

「大家真是不怕死！」柯品任在一旁握拳。

「欸，但我也覺得挺有趣的，說不定那個男鬼根本也沒想怎樣。」

「別傻了，沈必佑，別惹鬼，大家現在都是無傷大雅的玩笑，所以男鬼可能也只是玩玩。要是真的對禹艾琪有更進一步，那絕對不是開玩笑，別忘了趙育澤之前是進醫院！」

「哎呀，我知道啦，你這樣說好可怕。」沈必佑聳聳肩。

「難道我就這樣都不能靠近禹艾琪嗎？」趙育澤來到柯品任身邊，一臉哀怨。

「你之前不是有去拜拜？結果怎樣？」沈必佑問。

「廟方說沒事，我說我都進醫院了，可是他說請示神明就是沒事，然後趕我走。」趙育澤說要去 Google 評論留下抱怨，但沈必佑要他小心遭天譴。

「你不是說要回家問問看，結果呢？」所以趙育澤轉問柯品任。

柯品任只是聳聳肩。他當然回家請示過上頭，得到的答案都是「勿管他人事」以及「沒事」。

「你只跑一間廟？」這次是柯品任問。

「沒，跑好幾間啊，有一些還抽到好籤吔，神明說我可以試著追求。」趙育澤聳肩。

「這也太奇怪了。」柯品任摸著下巴。「如果好幾間都這樣……那或許……再試試看？」

「你這話上下矛盾啊！一下不行一下又可以的！」沈必佑兩手一攤。

「這種事我也是第一次遇到啊！神明說沒辦法解決禹艾琪的事情，但又說趙育澤可以追，那會不會表示，也許趙育澤的愛可以擊退鬼魂？」柯品任因為激動而大聲了起來。這樣中二的話語說出來有點可笑，使得聽到的人都瞪大眼睛，呈現傻眼狀態。

不過一旁偷聽的女孩子們卻很吃這套，對趙育澤鼓掌說道：「沒錯呀！越是有阻礙的愛情才越有實現的價值！」

「況且如果我知道有個男的可以為了我跟鬼戰鬥，還不嫁給他嗎？」

「是呀，說不定就跟漫畫一樣，最強的力量不就是愛嗎？靠愛打散惡鬼，獲得女主角！」

「雖然校草喜歡別人我心痛，但為愛勇敢的模樣也很吸引人呀。」

趙育澤有些尷尬地看著周遭的女同學們一陣喝采與鼓勵，只能對大家說：「謝謝，我會努力的。」

沈必佑則輕輕推了一下柯品任，低聲說：「我想你還是要學習講話小聲一點，有時候都搞不懂你到底是不是故意講給別人聽。」

因為有神明的加持加上女同學的祝福，而且柯品任也說可以試試看了，趙育澤決定豁出去。

放學時間，他來到了禹艾琪的班上。他一出現在前門，全班的人都發出驚訝又讚嘆的聲音。

「哇，你不怕死啊！」

「這就是愛嗎？」

「不過鬼真的會動手嗎？」

此起彼落的討論聲聽在趙育澤的耳中嗡嗡作響，一看到禹艾琪的臉，他頓時覺得自己這段時間的擔憂都是多餘的。

他明明這麼喜歡她，為什麼要怕看不見形體的鬼魂呢？

「禹艾琪，我們一起回家好嗎？」他開口邀約，換來了更多的驚呼。

「但是……」禹艾琪十分緊張，她看了看兩旁的好友，眼睛又東張西望地找尋根本看不見的男鬼。「我不知道會不會……」

「不會，沒事的！」趙育澤拿出口袋中的詩籤，以及脖子上的護身符。「我這是神明允許的！」

搭配上那帥氣又燦爛的笑臉，班上的同學都愣住了。

「噗！」率先笑出來的是禹艾琪。「哈哈哈，神明允許的是怎樣？」

見到她笑了，連最後一絲的不安也消失，趙育澤也笑了起來。

哎呀，這粉紅泡泡的氣氛，讓孫又嘉雖然看得開心，但也有點擔心。

「一起回去可以，我們也一起沒問題吧？」所以孫又嘉開口提議。

她是這麼想的，只要她們也在場，男鬼就不好動手吧？

除非男鬼無差別攻擊，不然好歹會顧及有無辜人士在場吧……

「當然沒……」趙育澤停頓了下，最後堅定地說：「不，今天我只想跟禹艾琪單獨回去。」

「哇，帥啦！」

「像個男人就對了！」

「贏過那隻鬼！」

大家發出喝采，好像已經驅逐了男鬼一般。

但也是有些觸霉頭的人。「希望你別受傷啊！」

聽到這句話的禹艾琪一縮，又瞧見趙育澤臉上隱約的疤痕，她往後退了一點。

「我想，我們自己回去就好，趙育澤，你也快回家吧。」

是呀，她不能再害別人受傷了，況且在自己都還不確定這是什麼情感之下。

畢竟她也沒時間去確認自己的感覺，更擔心再次害趙育澤受傷。

所以她背起書包，拉著孫又嘉和崔卉嵐就往教室外跑。

「等一下！」趙育澤當然要追，於是呈現了一幅好笑的畫面，她們三個女生在前方跑，而他在後頭追著。

他們跑過了背著書包走在走廊上的許之翰身邊，崔卉嵐還不小心撞了他一下。

「對不起！」崔卉嵐趕緊回過頭道歉，但是她的手還被禹艾琪抓著，只能繼續往前跑。

「趙育澤，你快回去！我不要你受傷！」

「我不會受傷的！」趙育澤也在後頭喊。

「有夠白痴，超像跟蹤狂。」許之翰拿下耳機，看著眼前令人無語的畫面，再次戴上耳機，慢慢地往樓梯方向走去。

「哇——」忽然，前方的樓梯間傳來了趙育澤的叫聲，接著是恐怖的撞擊聲響，再來是同學們的驚呼。

「靠，出事了嗎?!」原本還在看好戲的同學們愣住，趕緊往樓梯間跑去。

而許之翰也慢慢走到圍觀的人群邊，透過縫隙看清。

只見禹艾琪臉色發白，雙手發抖，而崔卉嵐正大喊著：「快叫老師！」

孫又嘉蹲在趙育澤旁邊，試圖伸手卻又往後縮。

「好、好痛——」趙育澤神色痛苦地倒臥在台階上，雖然外表看不出來有什麼明顯的傷勢，但從他痛到扭曲的身體和護著右小腿的模樣——

「哇……看樣子是骨折了……」許之翰喃喃。「禹艾琪還真是麻煩精。」

「……」

趙育澤從樓梯上摔下去而骨折的消息很快傳遍全校，根據他本人所說，是自己不小心踩空，可是趙育澤是運動健將，這種踩空的白痴事情怎麼可能發生？加上大家也知曉他想追求禹艾琪之事，鬼新娘的傳聞更是沸沸揚揚。趙育澤原本是想破除謠言，卻沒想到落得骨折這樣嚴重的傷，導致更加印證了「鬼新娘」這消息的真實性。

這下子，大家從原本的笑鬧、調侃，瞬間變得戰戰兢兢，因為從樓梯摔下骨折只是運氣好，一個不小心，連脖子扭斷都有可能。

「趙育澤骨折，要住院休養大概一個月。」孫又嘉看著沈必佑的訊息，一臉慘白地告訴禹艾琪等人。

「什麼……」禹艾琪摀住嘴。「都是我的錯，我不該……」

「妳哪有什麼錯啊！是那男鬼的錯！哪有被害者的錯的道理？」崔卉嵐眼眶含

淚地大吼著，同時也是喊給周遭的同學聽。

錯的明明是害人的鬼，為什麼大家卻要把罪名安給禹艾琪呢？這不就像是不檢討跟蹤狂，反而是怪女方太漂亮一樣不可理喻嗎？

「妳不要這樣子，對不起，她不是故意的。」禹艾琪趕緊對著四面八方道歉。

「妳才不要這樣！我不怕！」崔卉嵐拉開她的手。

「好了，妳們都不要歇斯底里！」孫又嘉加大音量，喝止無意義的爭論。「既然我們找廟宇都無法解決，那就要從歷史學到教訓。」

「什麼？」兩個人異口同聲。

「上京告御狀啊！」孫又嘉雙手握拳，做出加油的手勢。「跟老師講沒得到回應，就找教務主任；教務主任也沒反應，就找校長；校長擺爛，就找教育部長。教育部長如果也壓下來的話呢？」

「呃，找總統？」禹艾琪歪頭。

「噗！」遠方的許之翰忍不住笑了，但很快看向窗外裝沒事。崔卉嵐等人轉頭時，也不知道出聲的是誰。

「笨啊！是找媒體！總統妳找得到嗎？妳打電話給我看啊！」孫又嘉用力地敲

她的頭。

「會變更笨啦！那不然妳到底在講什麼？」

「找神明的老闆啊！」崔卉嵐睜亮眼睛。「玉皇大帝！」

「好了，快點回座位，別在那邊吵了！」導師罕見地在早自習時間來到教室，同學們立刻回到位子上坐好。

導師對門口喊了聲進來，所有人的視線也看往前門。

一個穿著相同制服的男學生進來，引來所有女同學的驚呼。蓬鬆的頭髮，好看的笑容，筆直高䠷的身材，宛如偶像明星一般的耀眼，完全是男主角該有的長相。

「這位是轉學生，大家要好好相處。來，你自我介紹一下。」導師說完後就退到講台邊，而男同學修長的手指拿起粉筆，在黑板寫下「邢亞」二字。

「我叫邢亞，因為父親工作關係才會在這時候轉學過來，希望能與大家好好相處。」他的眼神恰到好處地與每個同學都短暫地相視，唯獨在禹艾琪身上停留稍久，明顯得每個同學都隱約感覺到了。

隨後，他露出好看又陽光的笑容，更是讓眾女孩們著迷。

「那你就坐在……崔卉嵐的旁邊吧！崔卉嵐，舉手。」

坐在正中央最後面的崔卉嵐舉手。

邢亞點點頭，走到後面，並主動和崔卉嵐打招呼。

「請多多指教。」

「嗯嗯，第一堂是數學喔。」雖然也覺得邢亞長相帥氣，但崔卉嵐對他沒什麼興趣。

早自習下課的鐘聲響起，導師要崔卉嵐負責帶邢亞認識校園與班上同學，崔卉嵐嘖了聲，覺得麻煩。於是導師一走出教室，一群女孩子便自告奮勇地要接替崔卉嵐的工作。

「有人要接當然好啦，我對你沒意見，只是覺得麻煩。」崔卉嵐跟邢亞解釋。邢亞只是笑笑，說著沒事。

於是女同學們開始爭奪邢亞的關注大作戰，希望邢亞能夠欽點自己當導覽員。不過邢亞卻起身，對女同學們說聲抱歉，然後朝禹艾琪的方向走去。

正在和孫又嘉查詢台北哪一間廟宇的主神為玉皇大帝的禹艾琪，一直到邢亞站在身邊才注意到，他正帶著微笑看著她，後頭是一群錯愕的女人們。

禹艾琪愣愣地看了孫又嘉一眼，又看向邢亞。「怎、怎麼了嗎？」

「妳可以帶我逛校園嗎？」他的話讓眾女孩們發出慘叫，直呼不公平。

「為什麼趙育澤和邢亞都要找她啦?!」更傳來了這樣的抱怨。

禹艾琪趕緊就要拒絕。「那個，我、我不……」

「她不行啦！人家名花有鬼的！」結果班上一些白目的男生如此回答，讓禹艾琪的臉色瞬間垮了下去。為了遮掩自己受傷的神情，她乾笑著。

「白目喔你們！欠打是不是！」孫又嘉立刻轉頭對那群男生叫囂，對方嘻嘻哈哈地跑出教室。

「名花有鬼是什麼意思？」邢亞歪頭。「妳方便帶我去認識福利社、體育館啦之類的地方嗎？」

「我不太方便，你還是找別人吧。」禹艾琪如此回答。她並不是自戀，只是擔心男生和她在一起都會受到牽連。

「我就是想找妳。」邢亞十分堅持，雙眼緊盯著她。「禹艾琪，拜託妳。」

「但是我……咦？」禹艾琪一愣，看著他遲疑地問：「我……有告訴過你我的名字嗎？」

邢亞的臉色瞬間僵住，那微笑的嘴角停在臉上，眼中的笑意盡失。頓時，禹艾琪起了雞皮疙瘩。

「我……」她猛然站起身，往後退一步時——

「都不要爭了，我是班長，我帶你去吧。」許之翰從自己的座位上站起，發出了巨大聲響，霎時吸引了全班的注意。

「呃……」邢亞轉身，原本想要拒絕，但與許之翰對上視線，思考了一下。「好，謝謝你。」

許之翰則冷眼瞥了下禹艾琪，並上下打量了邢亞，轉身離開教室，邢亞則邁開長腿跟上。

他們一走，女孩子們蜂擁來到禹艾琪面前，大聲嚷嚷著不公平，什麼時候認識邢亞這樣的帥哥都沒分享。

「我不認識他啊！」

「那他怎麼會知道妳的名字？」女同學們憤憤地問。

這真的是冤枉，她剛才不是也問了。「我怎麼會知道！」

「我要先出去揍剛才那幾個白目的人，卉嵐，跟上！」

「好！」

兩個好朋友立刻捲起袖子出去算帳，留下禹艾琪獨自應付一群花痴少女。

・・・

校園占地不大，規劃也簡單，所有建築物一目瞭然，唯獨合作社的方向比較隱密，所以許之翰只打算帶邢亞認識合作社的位置，畢竟其他地方往後上課需要時，就自然會知道了。

但兩個氣質迥異的人走在一塊，還是引來了許多目光，一個是校園資優生，充滿書卷氣息的許之翰，另一個則是從來沒見過的英氣帥哥，濃眉大眼與高眺身材，絕對是無法移開目光的存在。

許之翰刻意停在一條T型走廊前。「合作社就在這裡，你要順便買東西嗎？」

「嗯。」邢亞點頭，對許之翰冷淡的態度不太在意，直接往右邊走去，下了樓梯前往位於地下室的合作社。

站在原地的許之翰十分訝異。他是刻意這麼做的，為的是確認自己心中的猜測——果然邢亞知曉合作社的正確位置，才能毫不猶豫往地下室走去。

等到邢亞手上拿著礦泉水回來時，許之翰問：「你怎麼知道合作社的位置？」

「你不是已經帶我來了？」邢亞不解。

「我站在左邊，正常人都會認為是左邊，何況合作社的位置這麼隱密，也沒告示，沒人會知道合作社在那裡吧？」許之翰問出了癥結，也是他的試探。

邢亞露出微笑。「很多學生往地下室走去，我也聽到了地下室傳來阿姨收款的零錢聲，這沒什麼難的。」

他解釋得不疾不徐，雖說有點牽強，但也說得過去。

「你——」許之翰看起來還想說些什麼，可是又忍住了。

邢亞則盯著他許久，最後露出一抹略微傷感的微笑。「謝了，參觀到這裡就行了。」然後走過許之翰身邊，往教室的方向逕自走去。

許之翰聽著邢亞逐漸遠離的腳步聲，些微顫抖地用一隻手捂住自己的臉，喃喃說著：「你怎麼有辦法在這裡……」

當然這些話，已經遠去的邢亞並未聽到。

他輕鬆地哼著歌曲，走在陽光明媚的走廊上，往操場方向看去。微風恰巧吹來，感受著肌膚接觸一切自然事物的刺激。

他閉起眼睛，深吸一口氣，接著吐出那口氣。

「啊……」

能夠呼吸，真好。

05

邢亞在學校引起了小小的騷動，不外乎是他帥氣的外表，這讓每個女孩都趁著下課時跑來他們教室外頭一探究竟。

班上的男生覺得煩，女生則覺得優越，禹艾琪卻發現有些網站寫著太上老君比玉皇大帝還要上位，這讓她們三人討論著到底該找誰告御狀好。

「妳們在討論什麼？」邢亞湊到她們身邊，這讓三個女孩又一愣。怎麼這個人今天一直黏過來？

「這是我們的私事。」孫又嘉禮貌地回應，但手機螢幕過大，邢亞還是看見了她們搜尋的畫面。

「查詢神明？是考試會考到嗎？」他的問法十分有趣，讓崔卉嵐忍不住一笑。

「要是考試會考神明名字，那會是哪一科？」

「社會人文鄉土？」禹艾琪歪頭。

「不要鬧了，我們就選玉皇大帝啦，廟也比較近啦。」孫又嘉點了點兩個朋友的額頭。

「妳們下課後要去拜拜？為什麼？」邢亞皺眉。

「因為她是鬼新娘，要求平安。」自目的男同學被打得不怕，又繼續在一旁喊，換來孫又嘉的怒視，對方趕緊一縮。

「鬼新娘的意思是妳已經被鬼娶走了嗎？」邢亞看了下男同學，又轉頭看了禹艾琪。

她看起來很尷尬，但也很困擾。

「簡單說起來就是她有鬼桃花，纏在她身邊的男生都會受傷。」孫又嘉有意無意地稍微推開了邢亞。「所以你也離遠一點。」

「原來如此。」邢亞轉了轉眼珠，忽然露出一個淘氣的笑容。「那，禹艾琪，我要追妳。」

「什麼?!」所有人大叫，包含禹艾琪。她瞪大眼睛看著眼前這名轉來不到半天的男同學。

「為什麼？」她發出所有人的疑問。「你對招惹鬼有興趣？」

邢亞笑了，那笑容好看得要命，讓所有人的心跳都快了半拍。

「應該是對妳有興趣才對吧！」他瞇起的眼睛十分漂亮，看著禹艾琪的眼神彷彿相識許久。

「為什麼？你才剛轉學過來，怎麼可能……」

「嗯……就是一見鍾情吧。」邢亞摸著下巴，根本搞不清楚他是不是認真的。

接著他轉過頭，對著班上女生以及走廊窗戶邊的那群女生說道：「我在這邊宣布，我正式開始追求禹艾琪。」

「不要！」所有人發出驚呼。

「禹艾琪，我會追到妳，而且我不怕那鬼。」

「不是怕不怕的問題，是會受——」

她的話還沒說完，就被邢亞伸出的手指堵了回去。他噓了聲，那雙眼睛清澈無比，帶有絕對自信，輕聲說道：「我不會受傷。」

多溫柔的聲音、多強勢的宣言，所有人瞬間融化，發出了讚美又羨慕的嘆息，讓禹艾琪紅起了臉。

遠在醫院休養的趙育澤並不知道，最大的情敵已經出現了。

⋯⋯

因為邢亞的關係，現在每節課的教室都很熱鬧。孫又嘉待不住，便跑來了沈必佑的教室。在他們更新趙育澤的狀況後，她也更新了轉學生邢亞的事蹟。

「我們都有聽到女生在討論，沒想到是真的。」柯品任覺得很不可思議，怎麼會有人明目張膽跟鬼挑戰，不要命了嗎？

「有沒有跟他說活生生的例子就躺在醫院中啊？」沈必佑打哆嗦。

「班上很多白目都講了，但是邢亞不怕。」孫又嘉喝著飲料。「不過，他今天纏了艾琪一整天，還真的都沒事。」

柯品任一愣。「都沒有奇怪的事情發生？」

「對，也不是說一定要發生什麼事情，但就是⋯⋯完全沒有。」

「怪風、怪聲音、東西掉下來、被推一把之類的也都沒有？」柯品任問得詳細，孫又嘉堅定地搖頭。

這就有趣了，難道他真的剋鬼？

「我們現在去看看那個邢亞。」於是他果決地起身。

「去看他？」沈必佑跟著起身。「啊，你難不成還看得見守護神之類的？」

「什麼？」

「不是嗎？我以為你是要去看那個轉學生是不是強大守護神之類的，才會不怕鬼。」沈必佑提出了很有趣的見解，柯品任倒是沒想過這一點。

「有趣，但我看不到守護神。」柯品任只是見見邢亞，到底是剛好禹艾琪身邊的鬼不在，還是邢亞的氣場強大到鬼都無法作怪？

總之，孫又嘉也要回教室，所以聳聳肩，跟著柯品任走了。沈必佑一見如此，也只能起身跟上。

這時，遠遠就見到教室外頭站滿了人。相較於稍早都是女生的光景，現在多了一部分男生，大概是聽到邢亞那不要命的宣言後，跑來一睹廬山真面目了。

相對於邢亞神態自若地接受眾人的注目，禹艾琪是如坐針氈，全身僵硬地低著頭，崔卉嵐則陪在身邊，當然邢亞也在。

「各位，你們造成我們同學的困擾，請離開，不要干擾我們班。」身為班長的許之翰起身，對著走廊聚集的同學們喊話，但沒人理會。他深吸一口氣，喊：「再不走，我要去找教官了！」

有些人悻悻地離去，有些人堅持自己有權利在公共場合走動與駐留。

柯品任看著許之翰。「那是你們班長？怎麼我從來沒注意過有這個人？」

「我也有點嚇到，他平常很低調也很安靜，不太會這樣。」孫又嘉仔細回想，許之翰今天確實反常，甚至還出面幫禹艾琪接了邢亞的要求。

難道他也喜歡禹艾琪？哇噻，禹艾琪最近是犯桃花嗎？怎麼來的都是些帥哥啊，只是……都不知道這到底是好桃花還是爛桃花了。

崔卉嵐看著義正辭嚴的許之翰，揚起了一抹微笑，隨即眼尖地發現站在教室外的三人。「是柯品任吧！」接著她用力拍了正不斷邀約禹艾琪外出的邢亞的手一下。「欸，邢亞，看得見鬼的柯品任來了，讓他親自跟你說說，你這樣招惹禹艾琪有多危險！」

雖然崔卉嵐是為了邢亞也是為了禹艾琪好，但是聽起來就像禹艾琪是掃把星一樣，讓她有點小難過。

「妳傷到我了。」她低聲抱怨。

「對不起，寶貝，但我只是希望他別再糾纏妳。」崔卉嵐抱緊處理。

邢亞隨著崔卉嵐的眼神往外看去，照理說他並不知道柯品任是誰，也不該知道，但在那麼多的人之中，他就是準確地看著那不甚起眼、面容清秀的柯品任。

這樣的細微線索，讓站在外頭的許之翰察覺到了。他再次嘆口氣。

這到底怎麼回事？為什麼邢亞能夠出現在這裡？

他不可能是靠自己的力量前來，一定有……擁有強大力量之人的幫助。但是是為什麼？怎麼來的？有沒有代價？

邢亞的出現會讓許之翰平靜的生活……不，是「他們」平靜的生活，掀起巨大波瀾。

「邢亞是哪個？」站在走廊、被眾人遮住視線的沈必佑等人朝教室裡張望，孫又嘉比了比她們的位置。

「就是艾琪她們旁邊那個男生。」

柯品任與沈必佑看過去。邢亞在與他們對上眼的瞬間，立刻別過了頭。

「咦，那個男的怎麼有點眼熟？」沈必佑抓著頭。「在哪兒看過？」

「你這麼說也有點……」柯品任想看得更仔細，但邢亞另一隻手掌撐在臉頰上，遮去了大半張臉。

「各位同學。」許之翰湊到他們面前。「請不要在本班逗留，回去教室。」

「班長，他們是來——」孫又嘉要幫腔，但許之翰卻看了她一眼，說：「妳快回教室，要上課了。」

孫又嘉還想說些什麼，但上課鐘聲響起了，她也只能對沈必佑等人說再見，回到了教室。

而許之翰又看了眼沈必佑，才轉身回到教室。

「他最後為什麼這樣看我？感覺還真是不舒服。」沈必佑對柯品任抱怨，而後者又看了一眼教室。

那遮住臉的邢亞在離開座位前，伸手摸了下禹艾琪的臉頰。明明是這麼親密的舉動，他卻沒感受到恐怖的威脅。

那個鬼，真的消失了嗎？

「走吧。」柯品任對沈必佑說。如果鬼會這樣就消失，那也不錯；如果鬼沒消失，卻不對邢亞動手，那或許真的是邢亞氣場強大。

但不管如何，趙育澤暫時要退一步了。

「欸，我越想越覺得那個轉學生很眼熟。」沈必佑在回去的路上沉思著。「我真的在哪裡見過。」

「我沒看清楚，但也有點認同你說的。」柯品任搖頭。「叫孫又嘉有機會拍張清楚的照片讓我們看一下，是不是在哪裡看過？」

「也行。」他立刻傳了訊息給孫又嘉。

就在上課到一半時，孫又嘉回傳了邢亞的偷拍照。

照片中的他正站在球場上，陽光灑落在他身上，手裡拿著籃球的他看起來很開心，身旁則是其他男同學欲搶球的模樣。背景的球場邊有一群女同學正吶喊不已，目光都在邢亞身上。

但沈必佑打了寒顫，在課堂上大叫一聲，整個人因為驚嚇而推開了桌子，還差點跌下椅子。

「沈必佑，你怎麼了？」老師驚訝地詢問。

但沈必佑快速撿起手機，害怕地看向了柯品任。

「我、我收到——」他才要開口，柯品任立刻舉手。

「老師，剛才下課時沈必佑就說他有點不舒服，我送他去保健室一趟。」老師還沒答應，柯品任已經過來攙扶起沈必佑往教室外走。兩人一離開走廊，柯品任立刻鬆開攙扶的手。「你看到什麼？」

「這個！又嘉傳來的照片！」他立刻點開手機並遞給他看。柯品任瞪大眼睛，不太確定自己所見的。「這個轉學生，不就是跟在禹艾琪身邊的鬼嗎？」

「你怎麼確定？」柯品任的雙手有點顫抖。

「你不是也有見過他嗎？」

「我看得並不清楚，只有他的雙眼，還有整個感覺……」

「我上次跟她們去拜拜時看過啊，他還跟進廟裡，就跟一般人長得差不多，我才會以為是人，但後來發現是鬼……」沈必佑皺緊眉頭。「但他不是鬼嗎？怎麼可能變成轉學生啊？」

「對，這樣太不合常理。」柯品任提議先別驚動孫又嘉她們幾個，也許靜觀其變，或是拿什麼神明加持過的東西來測試看看也行。

「不是啊！再怎麼樣，鬼也不可能變成人吧？而且現在是大太陽下吔，他還是光明正大轉學來的！我猜會不會是雙胞胎之類的，哥哥託夢要弟弟把禹艾琪帶回去冥婚。」沒想到沈必佑說出了更符合現實的假設，這讓柯品任忽然覺得自己像是白痴一樣。

「咳，我同意，如果是這樣的話，我們就必須告訴她們了。」柯品任咳了聲。

「事不宜遲，下一節課就去吧！」

「不！」沈必佑比著下方操場。「現在就去吧！」

這不是錯覺。

禹艾琪已經是第六次和邢亞對上眼了。球場上的他銳不可當，簡直是得分王，卻頻頻回頭看著場邊的她，並在對上視線後露出微笑。

她覺得十分尷尬，對上眼的次數這麼多，表示自己也在追尋著邢亞的身影。

就算邢亞對自己一見鍾情好了，但是她並沒有，可是面對這樣帥氣又攻勢強烈的男孩，怎麼可能不會小小地心動呢？

「邢亞到底什麼來歷啊，為什麼都沒事……也不是他一定要有事啦，只是說趙育澤沒幹麼都摔斷腿了，邢亞剛才還碰妳吔。」
想到剛才短暫的觸碰，禹艾琪就再次紅了臉。
在教室裡時，她的頭髮被風吹得黏在臉上，邢亞伸手輕柔地拾起那根髮，自然得彷彿以前也這麼做過一般。那瞬間，禹艾琪覺得一切彷彿靜止了一般，看著他溫柔的眼神，就像他們認識了很久。
「說不定他真的不會被鬼攻擊。」她這麼說道。
「不會被攻擊就要跟他在一起嗎？」孫又嘉皺眉。
「當然不是，只是或許他有什麼特別之處，可以讓鬼不攻擊他，我們可以問問他啊！」禹艾琪解釋。
「因為或許，鬼就是跟他有關係。」柯品任的聲音忽然出現在身後，讓她們三個嚇了一跳。
「這是什麼意思？你們找到答案了？」崔卉嵐握緊拳頭起身，激動地問。
「沈必佑，現在不是上課時間嗎？」孫又嘉指責。
「等一下，先聽我們說一下剛才的推論。」沈必佑趕緊阻擋孫又嘉傳來的鐵拳，並把剛才的猜想告知她們。

聽完後，她們也認為這是最有可能的原因。

「那我們必須快點證實……」

「你們班現在不用上課嗎？」許之翰不知何時走了過來，板著臉看著他們。

「你又不是我們班長，管這麼多。」沈必佑碎唸。

「我們是去保健室，順路繞過來的。」柯品任則推了下沈必佑。別起衝突啊，真是的。

許之翰上下打量他們。「那現在可以回去了吧？」

「我們有話要問一下邢亞。」柯品任老實說。好不容易鬧鬼事件終於快要有答案，今天若是沒解決他的疑惑，他會沒辦法做其他事情的！

「如果有事情要找我們同學，也請利用下課時間，不是——」

「你今天好奇怪喔。」崔卉嵐皺眉，推了一下眼鏡。「為什麼會對邢亞的事情特別關心？」

許之翰一愣，沒料到崔卉嵐會注意自己的行為，讓他有點開心。

不過他趕緊收拾自己的好心情，咳了下，隨後搖頭。「那給你們幾分鐘吧。」

他也想知道，邢亞到底為什麼能夠來到這裡，只是他原本想靠自己找出答案。

在球場上的邢亞早就發現這邊的人群，想要趁大家不注意之時偷偷離開，但許之翰卻喊了他的名字，請他過去。

總不可能繼續躲下去，他便擦了汗，來到這群人之中。

「怎麼了嗎？」他露出親切微笑，看著眼前兩個他不該認識的男生。「這兩位不是我們班的吧？」

「我是柯品任，他是沈必佑。」他簡單介紹。「我們有些問題想問你。」

「我應該有不回答的權利吧！」邢亞皮笑肉不笑，這忽然冷淡的模樣讓眾人有些驚訝。

「這對我來說很重要，拜託你。」禹艾琪雙手交握，像是可憐的小狗般。

這招對邢亞來說果然奏效。他的臉色一僵，輕輕嘆息，表情軟化了不少，看著柯品任和沈必佑說：「要問什麼？」

許之翰在一旁扯了個冷笑，孫又嘉和崔卉嵐互看一眼。沒想到邢亞對禹艾琪這麼沒轍。

「關於跟著禹艾琪的鬼魂，你知道些什麼嗎？」柯品任直接問出重點。

「我怎麼會知道？」邢亞聳肩。

「那為什麼你會和那個男鬼長得一模一樣？」沈必佑緊張地開口。「而且，只有你靠近禹艾琪不會被攻擊。」

「你怎麼會知道我和男鬼長得一樣？有證據嗎？」邢亞挑眉。

「因為我親眼看過，但是我沒有證據。」沈必佑說得極沒自信。

柯品任拿出了當初大家在廢墟前的那張照片，比了一下後頭的黑影。「你看到了什麼嗎？」

「不就你們的合照？」邢亞抓了一下頭。「問完了嗎？」

「這是那個男鬼，在大家眼中都只是黑影，但在我的眼中……他的眼睛和你的長得一樣。」

邢亞笑了起來。「眼睛？大家不都長得差不多嗎？」

許之翰忍不住笑出來。這些人雖然聰明，卻也不夠聰明，邢亞怎麼可能會承認？要說他是之前的鬼，但現在的他可站在太陽底下，怎麼樣都是人類的模樣。

「我要回去打球了，艾琪，妳再告訴我禮拜六有沒有空一起去看電影。」邢亞對著禹艾琪溫柔一笑，準備轉身回到球場。

柯品任忽然靈機一動，立刻接話道：「禹艾琪禮拜六沒空，因為我們要一起去看趙育澤。」

邢亞停下腳步，臉色一變地回過頭。「什麼？」

禹艾琪也錯愕了。他們有約好去看趙育澤嗎？雖然她的確也想著要找一天去探望，但他們沒約啊……

不過崔卉嵐明白了柯品任的心思，立刻跟著點頭。「是呀，畢竟趙育澤也是因為艾琪才受傷，所以我們要去探望一下，對吧，艾琪。」

「啊……嗯，要去看看他。」禹艾琪也順應著點頭。

「而且趙育澤很喜歡禹艾琪啊，講真的，你們有沒有曖昧中啊？」沈必佑並沒有特別的用意，單純只是說話不經大腦。

不過這段話卻奏效了，也是這時候最能夠打破僵局的一句。

「艾琪沒有跟那個人曖昧！」邢亞轉過頭，陰冷地開口。

他依舊帥氣，陽光也依舊炙熱，可是那憤怒又嫉妒的情緒一時間強烈地傳達給每個人。

還真是熟悉啊……這種感覺，不就是禹艾琪身邊的鬼魂帶來的嗎？

許之翰忍不住挑眉，心中想著：這下子，邢亞，你要怎麼解釋呢？如果只有我們幾個，你還能夠不在乎、不說明，可是禹艾琪也在這裡，你無法敷衍一切。畢竟你最在乎的，就是禹艾琪。

「果然！我們猜得沒有錯！」柯品任大喊。

邢亞一愣，趕緊收回自己的怒氣。他緊張地看了禹艾琪一眼，發現她的眼神充滿害怕。

他，並不是想要看到她那種表情……他只是想……好好地和她相處……

「我……」他必須解釋，可是要怎麼解釋？

在這瞬間，他看向許之翰，發現對方看著他的眼神饒富趣味，他忽地一怔。

難道許之翰……

「是哥哥還是弟弟？」但柯品任接下來的問題卻讓許之翰與邢亞都愣住。

「什麼哥哥還弟弟？」邢亞問。

沈必佑低聲地說：「在禹艾琪身邊的男鬼，是你的雙胞胎哥哥還是弟弟？」

「啊？」許之翰忍不住發出疑問。

「他們說你是為了雙胞胎兄弟……所以想帶我去，呃，冥婚？」禹艾琪扯著嘴角，手指點了點。「這是真的嗎？」

邢亞的腦子飛速運轉，明白了他們的誤會，忍不住大笑起來。

沒想到他們給了他一個完美的藉口。

「是我的雙胞胎哥哥，但是我沒有要帶妳去冥婚。」他順著解釋，讓許之翰翻了白眼，乾脆直接離開現場。

「真的嗎？那你哥哥到底為什麼要這樣子？你可以幫我請他離開嗎？」禹艾琪彷彿見到救命稻草，抓住了邢亞的手。「我真的好害怕，不能回應他的感情，我很抱歉，但是……」

「我明白，所以我不是說了，我不會被鬼傷害，因為他已經……離開了。」邢亞說著，讓禹艾琪鬆了一口氣，露出了釋然的笑容。

「這是真的嗎？」柯品任狐疑。有這麼順利？

「對，我受到哥哥的託夢才會轉學到這邊。在夢裡，他跟我說了一些事情，所以多多少少我也知道他做了很多……嗯，阻擾妳桃花的事情，我在這邊幫他道歉。」邢亞流露出歉意並鞠躬，如此誠意的模樣讓眾人都接受了。

「所以你哥哥是怎麼喜歡上艾琪的？路上經過看到的？」孫又嘉覺得自己的問題聽起來很滑稽。

「詳情我不清楚，但我只知道哥哥要我轉學過來，然後他就會離開。」邢亞看向禹艾琪。「當我第一眼見到妳，就明白哥哥為什麼會淪陷，因為我也一樣。」

再一次突如其來的告白讓禹艾琪紅了臉。「但是，我要說我很抱歉，我跟你不熟，我……」

「所以，我們從朋友開始當起吧。」於是，邢亞露出好看的笑容，彷彿無法拒絕他一般。

「呃……好吧。」禹艾琪同意了。

「所以這件事情就這樣解決了？」崔卉嵐皺眉。「感覺沒頭沒尾的。」

「要是邢亞早些轉來，趙育澤或許就不會受傷了。」孫又嘉說。

「是呀，我真的擔心趙育澤。」禹艾琪皺了眉頭，表情擔憂。「那這禮拜約幾點去看他呢？」

邢亞收起了自己的嫉妒，卻遮不去暗下的臉色，背對著他們來到球場上投籃。

許之翰來到籃框下，接下投籃的球，盯著他瞧。邢亞的表情漠然，眼睛掃過許之翰全身兩次。

「你運氣真好，讓你找到了藉口。」許之翰聳肩，拍了籃球。

「你……記得我？」邢亞原本不確定，但許之翰此刻的動作和表情，與之前如出一轍。「怎麼會？」

「就像你怎麼會來到這裡一樣。」

「你不知道我怎麼來的，又怎麼會跟我一樣？」

「所以我現在在問你。」許之翰皺眉，看著邢亞因太陽流下的汗水滑過他的皮膚，那因呼吸起伏的胸膛，因運動而冒出的小腿青筋，因陽光而匯集在地的影子，以及那真實存在的肉體。

他不可思議地看著邢亞說：「你不是……已經死了嗎？」

06

這故事要從哪裡說起？關於邢亞死了的這件事情。

在講他為何能夠還陽以前，應該先說說他的故事。

邢亞，這是他真實的名字，他來自一個半封閉的村莊，雖說是半封閉，倒不是什麼邪教或是近親通婚之類的怪異村莊。

那是一個美麗、祥和且平靜的村莊，用老一輩的話來說，會是桃花源，但用現代話來講，則是祕境。

這麼美麗的地方為什麼會半封閉呢？除了這裡出入的交通不方便外，就是這裡的村民從古至今都過著自給自足的生活，只要慾望不高，也能夠吃飽的話，自給自足並不是什麼難事。

這裡是一姓村，並不表示所有人的姓都是「邢」，只要一半以上的居民同姓氏的話，便可稱呼為一姓村。

邢村，是邢亞的故鄉。

這姓氏在臺灣並不常見，姓邢的也大多集中在他們邢村之中，但並非所有姓邢的都有親戚關係，所以同姓的婚姻關係也是存在。

邢亞與邢露便是如此的伴侶——喔，雖說是伴侶，但也只是預計要成為伴侶。邢露長相甜美，聲音輕柔，大眼睛與長睫毛，簡直就是洋娃娃真人版。她的個性也如外表般柔弱可人，眼睛總是水汪汪的，大多是因為她總是含著淚水。

所以邢亞總是想保護她，想讓邢露掛著笑容。

他們是青梅竹馬，從出生後就在一起，在這小村莊一同長大。由於村莊的人不多，同年齡的孩子並不常見，也因此邢亞和邢露的感情更加緊密。

「邢露，妳在做什麼？」十歲的邢亞手裡拿著一片大荷葉，好奇地看著蹲在溪邊的邢露。

「邢亞。」邢露回頭，漂亮的眼睛瞇起，露出可愛笑容。「我在看這蝌蚪，你看牠長出腳了。」

邢亞看向溪裡，果然見到許多蝌蚪在那裡游動，大多數的蝌蚪都長出了後腳，一部分的連前腳都有了。

「看樣子過不久就會變成青蛙喔！」邢亞也跟著蹲了下來。

「可是你看這隻。」邢露的小手比了隻落單的小蝌蚪，還是只有尾巴。「牠落後了。」

「牠有一天會長出腳的。」

「可是現在落後了，一定很擔心吧？」

看著前方的人不斷超前，只有自己還在原地的這種恐慌，即便十歲的孩子無法明確用話語表達出來，也本能地感受到那份寂寞。

但是邢亞明白邢露的話背後的意義，伸出手摸上邢露的頭。「我永遠都會等著妳的喔！」

「謝謝你，邢亞，我總是扯你後腿。」

「才不會呢。」邢亞把那片大荷葉移動到了邢露的頭頂，為她遮去了陽光。

「我會一直在邢露身邊，保護妳、照顧妳。」

邢露揚起好大的微笑，於荷葉的陰影之下，靠到了他的身邊。

同齡的孩子不多，所以都會和比自己年紀大的孩子一同玩耍，而邢亞行動敏捷，跑得又快，人也機伶，所以大孩子也喜歡和他一同玩樂。

可是邢露就不一樣了，嬌小、動作慢又過於膽小，總是跑在最後，又因為跟不上而大哭，大孩子們覺得她是小累贅，紛紛想盡辦法擺脫她。

所以邢露才會自己躲在這裡，對著那發育慢半拍的小蝌蚪同病相憐。

事實上並不是邢露發育慢，而是沒有比她小的孩子，加上同年的邢亞運動神經卓越，對比之下更顯得她格外遲鈍了。

不過溫柔的邢亞察覺了以後，便也不和大孩子玩耍，而是陪伴在邢露身邊，兩個人總是做些靜態活動。

但某日，邢露又一個人待在溪邊觀察那小蝌蚪的狀況時，卻有人來了。聽到腳步聲的她開心地回頭喊：「邢亞。」

來的卻是大自己三歲的邢永。他是大孩子集團中的頭頭，雖然年紀並不是最大，但因為長得高加上號召力，很快便成為集團中心人物。

邢永很喜歡和邢亞一起玩，因為邢亞有很多鬼點子，和他很合得來。一開始，他還很高興邢露終於放棄跟他們玩，邢亞總算不用再顧忌那個小麻煩；可是沒想到邢亞也退出了他們的小集團，改為每天陪邢露看一些無聊的小昆蟲動物，或是編織花草，還是扮家家酒等。

所以今天，邢永要來好好地給邢露震撼教育一番。

「欸，小鬼。」邢永開口，邢露一縮。她一直都害怕這高大的頭頭。「妳不要再拖邢亞的後腿了好嗎？」

「什、什麼是拖後腿？」邢露顫顫巍巍地回。

「妳自己一個人玩會怎樣嗎？邢亞為了要照顧妳，只能放棄和我們玩。他明明更適合和我們一起爬山、探險，結果和妳在這邊玩小孩子的遊戲。」邢永瞥了一眼。「看蝌蚪？釣青蛙？邢亞更適合和我們去瀑布那裡跳水好嗎！」

邢露全身發抖。是這樣子嗎？邢亞是勉強和自己玩的嗎？自己拖累邢亞了嗎？她的眼淚滴了下來，開始哭個不停。

「動不動就哭，煩死了！」邢永見狀趕緊就要離開。「反正不要再纏著邢亞，邢亞也不想跟妳一起玩，所以妳自己回家去，讓邢亞和我們玩，懂嗎？」

邢露大哭起來，邢永已經跑掉了。原本帶著小點心要來找邢露的邢亞，遠遠就聽到她的哭聲，他嚇了一跳，急忙跑去，手中的東西也掉落一地。只見邢露一個人在溪邊哭得上氣不接下氣，臉都哭紅了。

「邢露，怎麼了？發生什麼事情了？」邢亞緊張地捧著邢露的臉，東張西望是不是有什麼危險的東西在身邊。

「對、對不起……邢亞，都是因為我……你、你才沒辦法、沒辦法和大家一起玩……」

「什麼？誰跟妳這樣說的？」

「邢永說，你比較想跟他們一起、一起跳水。」邢露雖然哭哭啼啼，還是把話講得很清楚。

這下子，邢亞臉色一變，怒火中燒。

「他剛才來跟妳說的？」

邢露點頭，抽抽搭搭地說：「對不起，邢亞，你以後去跟他們玩就好，不用特別照顧我。」

「妳不要這麼說，我最喜歡跟妳一起玩了。」

「嗚嗚，不要騙我，不要勉強……」

「我沒有騙妳，也不勉強。」邢亞捧住她的臉蛋，讓她的視線看向自己。「我不是跟妳說過，我永遠都會陪著妳，保護妳嗎？」

「可是……」邢露還是不太相信，認為邢亞只是在哄自己。

「我發誓，真的，我會一輩子保護妳。」他伸出了小指頭。「等我們長大以後就結婚好嗎？」

十歲孩子說的話十分天真，卻也是最真誠。

邢露漾開了笑容，勾上了他的小指頭，就這樣把終身大事給定了下來。

見到她終於笑了，邢亞總算鬆一口氣，拉起自己的衣襬幫她擦去眼淚。一直以來，他和邢露同進同出是習慣，可是在那個瞬間，幼小的邢亞卻產生了強大的保護慾，要說那是明白了這是愛情的話，又言之過早。

只是邢亞確定了，在這世界上，最重要的就是邢露，他願意付出所有，換得邢露的一個笑容。

事後，邢亞找了邢永算帳，可是十歲的他怎麼打得過十三歲的邢永，所以被教訓得很慘。也因為這起事件，邢亞和邢露暫時被村裡的孩子們排擠了。

不過他們並不在意，兩個人彼此陪伴，度過了一段不短的時光，轉眼便來到十四歲，身邊也多了幾個跟屁蟲，分別是七歲的邢雨和程曉。看到他們兩個，就覺得好像以前的自己，所以邢亞與邢露很樂意帶著兩個孩子一起玩耍。

就這樣，他們有了屬於自己的小圈圈，時常在村外的草原奔跑，玩著捉迷藏或是抓蜻蜓等遊戲。他們還會看著日出日落，觀察雲彩的變化，每天都是如此無憂無慮的生活。

村裡的人大概十六歲左右就會結婚，並在二十歲前生育下一代。對他們來說，十六歲就是成年了，所以這裡的孩子通常在十三歲過後便會極快地成熟，並且逐漸自力更生。

也就是說，當年找麻煩的邢永，也到了論及婚嫁的年齡。

正如之前提到，這裡同年齡的孩子不多，所以通常每個人最後的結婚對象都會是自己小時候的玩伴。可是邢永對同齡的女孩並無好感，雖說只是為了傳宗接代之類的理由，好像也不太需要「愛」才能共組家庭，只要能夠扶持、生活的，就是好伴侶。

只是邢永比較不同，他期望能和相愛的人走一輩子。

而他想起的，都是這些年一直在腦中揮之不去的畫面。那是一個宛如洋娃娃般的女孩，獨自坐在溪水旁哭泣的模樣。

邢永紅起臉，低低悶聲說：「可惡！」

他當年跑走後，是想再次回去打算道歉的。他覺得自己講得太過分，也後悔自己說了謊話，他是很想和邢亞一起玩沒錯，可是也沒打算惹哭邢露。

應該說，他討厭每次邢露哭的時候，總是會找邢亞，也討厭看見邢亞立刻拋下一切回過頭照顧邢露的模樣。

所以他跑回溪邊，想要安慰邢露，想跟她說：「不然以後一起玩吧。」

可是他卻看見邢亞已經在那裡了，就如同每一次邢亞都會在邢露身邊一樣。

「等我們長大以後就結婚好嗎？」

這句話讓邢永痛不欲生，才十三歲的他意識到了，原來他喜歡邢露。

也因為發現了自己的感情，才領悟自己一直以來找她麻煩的行為，就是出於欺負喜歡的女生的幼稚心態，所以他決定要改過，成為一個可靠的男人後再跟邢露道歉，並且求婚。

只是他沒有料到的是，邢亞卻跑來與自己算帳。他太生氣，也覺得在邢亞面前抬不起頭，像是比不上邢亞一樣，所以他也動真格地與邢亞打了一架。

但邢亞因此受傷。看見邢露那擔憂的神情，還有依舊懼怕自己的眼神，更加讓他覺得無地自容。
所以他逃避了，不再和大孩子們玩在一起，埋頭於自己家裡的田地工作之中，想儘早能夠獨當一面，讓邢露刮目相看。
就這樣，他十七歲了，早該是娶妻的年紀了。
所以他在花田上拔了許多花朵，湊成了美麗繽紛的色彩，換上了自己最乾淨正式的服裝，緊張兮兮地來到邢露的家門前。
他想跟邢露求婚，她不能馬上答應也沒關係，他願意等待，等到邢露十六歲。
他咳了幾聲，發出的聲音是那麼顫抖，敲了邢露家的木門。
然而來開門的，卻是邢亞。
即便邢亞才十四歲，但已經顯露優秀男人的雛形，多給他幾年的時間，絕對會成為全村最受歡迎的男孩。這讓邢永本能地自慚形穢，並自卑地稍微低下頭。可是他很快再次抬起頭與邢亞對視。
邢亞一見到來者是邢永，原本笑著的表情立刻轉為敵意，皺起眉頭問：「你要做什麼？」
「我來找邢露。」邢永說著，站挺身子。以目前的體型來講，他還是比邢亞高上不少。

邢亞正想罵人，卻看見邢永身上整潔的衣服還有手上的花束，想起了邢永今年的年紀，他瞬間臉色刷白，但也充滿疑惑。「你該不會……」

成年的男孩有權利向村裡的任何女孩求婚，女孩有沒有成年都不要緊，只要答應了，那他們便能結為連理，直至女孩成年了再行夫妻之實即可。

所以，邢亞沒有權利拒絕，否決權在邢露身上。

「邢露是我的妻子。」邢亞低聲地說。

「但我已經成年了，我有優先權。」邢永回。

「為什麼？你明明很討厭邢露！」

「我從來沒有真的討厭過她。」邢永握住花束的手變得用力。「我一直以來，都喜歡著她。」

邢亞是第一次聽到邢永親口說出這句話。

「邢亞，是誰呀？」

在裡頭的邢露見邢亞這麼久沒有回來，便從裡頭走了出來。

她一見到站在門口的邢亞，先是露出微笑，可是一看見後頭的邢永時，笑意隨即僵住，並稍微往後一退。

邢永見狀，悲傷地皺了下眉頭。他不是不知道邢露怕自己，只是都過去這麼多年了，沒想到邢露見到他還是會露出那種表情。

他也希望，有一天邢露能看著自己笑。

邢露雖然才十四歲，但舉手投足間散發著屬於女孩子獨有的甜美。邢永趕緊移開眼神，深吸一口氣，抬頭凝望邢露，並勇敢邁開腳步。「邢露。」

「是……是？」邢露緊張地握緊了自己的衣襬。

邢亞卻忍不住擋到他們兩人中間，惡狠狠地瞪著他。「我說了，她已經答應要跟我結婚了。」

「我也說了，我成年，我有優先權。」邢永不客氣地推開邢亞。

邢露瞧見了他手上的花束，明白了這是怎麼回事。

村裡，只要成年男子欲與女子求婚，一定會帶上一束色彩繽紛的花，這花束是男子憑著對女子的印象來摘取搭配的，也就是說，這是專屬於女子的花。所以為了拿出應有的禮儀與尊重，女子也會慎重地聽完男子的求婚與收下花束。

邢露站直了身子，往邢永的方向走去。邢亞見狀，雖然十分嫉妒與不開心，也只能往後退。

「邢亞，可以給我們一點，嗯，兩個人的空間嗎？」出於禮貌，邢露如此對邢亞說。

邢亞臉色一變，用力甩門離去。

「他很生氣。」邢永搖頭。果然還是小孩子，喜怒表現得那麼明顯。

「他對我的事情總是看得比自己的還重要。」邢露微微一笑，想著等等要怎麼哄邢亞。

「邢露。」邢永咳了一聲，單膝跪下，舉高了花束，仔細一瞧，上頭有著滿天星、鼠尾草以及白色桔梗，配上了許多紅、黃、藍等日日春的點綴。

「是。」邢露緊張地站直身體。

「我很抱歉小時候欺負妳，那時候我不懂事，以為那是愛的表現。如今我已經是一個成熟的男人了，明白怎麼做是對妳好，也有能力照顧妳。我種植的農作物是今年村裡收成最好的，我能給妳優渥的生活，也能給妳想要的一切。」邢永通紅著臉，誠摯地看著邢露說：「等妳十六歲時，願意嫁給我嗎？」

邢永是個很不錯的對象，無論外在條件或是這些年的性格養成，以理性上來說，他絕對是現階段最合適的結婚對象。

邢露抿嘴一笑。

這麼多年來以為邢永討厭自己，以為自己是個拖累，到了現在才明白，原來一切都是因為邢永不夠成熟的愛慕之心。

所以她握住了邢永的手，露出了甜美的微笑。

邢永怦然心動。終於，她的眼睛與笑容是對著自己了……莫名的，邢永居然有點想哭的衝動。

「謝謝你喜歡我，邢永，也謝謝你願意等我。」邢露握著他的手扶起他，邢永還瞬間以為有了機會，但捕捉到邢露眼中的堅定。「但是……」

「嗯，我明白了，謝謝妳。」邢永打斷了她的話。「那請妳收下我的花。」

邢露咬著唇，給了他一個微笑。「這花好漂亮。」

「跟妳一樣。」邢永說出情話，令邢露一愣，可隨即哈哈大笑起來。

「謝謝你，這是你對我說過最溫柔的話。」邢露很高興對邢永的印象能從那個可怕的大哥哥，變成了如今如此沉穩的男人。

邢永看著她的笑容，對於自己就這樣被甩了既不意外，卻又不太甘心。「如果到時候妳跟邢亞沒戲了，還有我在。」

看似玩笑話，也有一半的認真。

「不會的。」

只是邢露更加確定自己的未來是在誰的身上。

那個正站在門口偷聽的，那男孩的身上。

07

你不是已經死了嗎？

許之翰看著邢亞，問出這個問題，表情並沒多大改變，甚至沒有一點波瀾。

「你不也死了嗎？」邢亞聳肩。

「你知道我說的不是那——」許之翰大喊，但邢亞已經一個箭步衝向他，搶走了他手裡的籃球。

「哇！在一對一嗎？」

「好久沒看到有人這樣玩了。」

「等一下！是許之翰跟邢亞吔！」

周邊的同學們傳來了熱鬧的聲響，瞬間聚到了操場邊，畢竟打球的是溫文儒雅的書生班長許之翰，以及受歡迎的陽光型男邢亞呢！

許之翰嘆氣，他知道邢亞身強體健，從以前就十分擅長跋山涉水；而自己這個身體的體能不是太好，所以這場球賽的最後誰勝誰負已經很明顯……嗯，等等，真的是這樣嗎？

邢亞休息了這麼長一段時間，現在支配身體的能力真的達到百分之百嗎？

「為什麼忽然打起來？」站在場邊的崔卉嵐正詢問著其他人，她的雙眼最後移動到了柯品任身上，讓許之翰嘖了聲。

他的視線又移動到孫又嘉的身上，她正拿出口袋的衛生紙遞給滿頭是汗的沈必佑。「白痴情侶。」他低聲道。

「打球的時候看哪裡？」邢亞忽地上前，抄走他的球。

「哇！」女孩們發出尖叫，而許之翰用力嘖了聲，立刻追上。

邢亞流暢地跳起身，在許之翰欲抄球的瞬間跳起，籃球準確地進入籃框。

場邊傳來騷動，連禹艾琪都有些激動，那行雲流水的動作以及筆直的身材，邢亞簡直是漫畫男主角般的耀眼存在。

許之翰雖然喘著氣，但很快地從籃下接過籃球，閃過邢亞的攔抄，快速繞過他之後再次轉頭，想長射得分；但邢亞跳起，伸長的手宛如銅牆鐵壁一般，擋住任何可以出手的地方。

砰！

這一球，就這麼被擋了下來。

「邢亞好帥呀！」女孩們發出尖叫，不知從哪邊生出了手帕、衛生紙和礦泉水，衝到了邢亞身邊。

就連身為男生的沈必佑都覺得邢亞帥呆了，況且是女生呢，所以他的手遮住了孫又嘉的眼睛。

「幹什麼啦！」

「我怕妳迷上邢亞。」

「白痴喔！放手啦！」孫又嘉的大叫讓許之翰多看了眼，搖搖頭，離開球場。

「看起來有點可憐。」崔卉嵐喃喃。

對比邢亞現在被包圍的模樣，許之翰有些黯然。崔卉嵐想起自己高一上學期也是班長，當時和孫又嘉、禹艾琪還不熟悉，在班上也沒有其他熟悉的朋友，自己就像是被孤立了一樣，格格不入。

所以她只能埋首於班長事務或是課業，盡力把自己的校園生活填滿，但也因為如此，她更難融入班上的團體。

沒關係，再努力一下，高一下學期就會更換班級股長了，到時候就不需要這麼活在自己的空間，就有時間可以交朋友了。

她總是這麼想著，結果天不從人願，因為太盡心，所以全班再次提名她，她卻連拒絕的勇氣都沒有，只因為受到大家的期待。

「謝謝大家，我會努力的。」她只能掛起勉強的微笑，如此說。

「如果妳很累的話，我可以當班長。」

在某個陽光明媚的下午，崔卉嵐蹲坐在花圃邊懊惱時，一個人影覆蓋住烈日下的她。她抬頭，那逆光讓她看不清來者，但這聲音十分溫柔。

「呃……」她瞇起眼睛。

對方發現她看不清楚，於是蹲了下來，與她視線平行。

這時候崔卉嵐才注意到，是同班的許之翰。

她和許之翰沒有太多交集，就只有高一剛開學時，他們是坐在隔壁的。或許是崔卉嵐不太會和男生相處，也或許是她和許之翰找不到共同話題，兩個人的交談僅止於一般的學校事務，一點私人話題都沒有。

直到換位子前，兩個人的關係都只是同學，不是朋友，之後也沒任何交集。所以對於許之翰此刻會來與自己搭話，甚至發現自己當班長的無奈與壓力，讓崔卉嵐很驚訝。

「你怎麼……」

許之翰抓抓鼻子。「我就只是這麼覺得。」

「還是你也想當班長？」崔卉嵐問。許之翰一愣，歪頭想了一下，露出了然於胸的微笑。

「啊，是啊。」他點頭，明白這樣的說法會令崔卉嵐比較好接受。

「真的？真的？那我們可以去跟老師說要交換班長嗎？」崔卉嵐的眼睛冒出閃光，一種解脫的心情油然而生。

「好啊！」

許之翰再次笑了。

那大概是崔卉嵐至今為止，見過他最燦爛的笑容。

在她卸任班長以後，又換了一次座位，旁邊就是孫又嘉，也因此和禹艾琪熟悉起來，成為好友；之後又更因為沈必佑的關係認識了柯品任，進而讓她對靈異現象產生興趣。

兩人曾經有過這段淵源，只是崔卉嵐因為後續的生活太過開心，加上和許之翰也沒了交集，於是逐漸淡忘了這段過往。

此刻，看著許之翰也有些落寞的背影，崔卉嵐猛地想起了這段回憶。

「我去看一下。」她對朋友們說了一句，立刻往許之翰的方向跑去。

「她怎麼了？」禹艾琪問旁邊的孫又嘉，但她正和沈必佑推來推去的，所以她又看向前方，發現邢亞的目光正追尋著崔卉嵐和許之翰，隨後落到孫又嘉身上。

可當邢亞注意到禹艾琪的眼神，隨即漾開笑容，然後推開那群如吃餌錦鯉的女同學們，朝她走去。

咦？注意到往自己走來的邢亞，禹艾琪慌亂地想要閃躲，柯品任卻塞了一包衛生紙給她，似乎要她交給他。

「為什麼啊？」禹艾琪尷尬地低聲問。

「人家為了哥哥追妳到這裡，稍微給點關心也沒關係吧？」柯品任至少還懂得這些人情世故。

「是這樣說嗎？」面對越走越近的邢亞，禹艾琪擠眉弄眼地問。

「至少邢亞是人。」

這麼說也是，至少邢亞來了，他哥哥就走了。

所以當邢亞靠近時，柯品任識趣地往後退到了沈必佑那裡。打擾已經戀愛的情侶，總比打擾正在追求中的人好。

「啊，這個給你。」禹艾琪把手上的衛生紙交給邢亞。

「謝謝妳。」滿頭大汗的他並沒有收下其他女生的慰勞品，笑著接下了禹艾琪的衛生紙，擦去額頭的汗水。「我打得怎麼樣？」

「打得很好啊！」

「我運動很在行，妳喜歡擅長運動的男生嗎？」

「就……健康是好事……」面對邢亞炙熱的眼神，禹艾琪有些不好意思，不知該如何回應比較好。

不過邢亞卻笑了。無論禹艾琪給出怎樣的回應，現在她能站在自己面前，能看見他，對他來說，就已經足夠了。

⋮

許之翰並不知道崔卉嵐跟著自己，他來到飲水機邊大口大口地喝著水，腦中想起的是以前的自己，時常跟在邢亞身後探索世界，以他為憧憬的對象，無論邢亞做任何事情，許之翰都會跟著做。

「他一點都沒變。」他起身，擦去了嘴邊的水珠，轉身卻看見崔卉嵐站在後頭，嚇了一跳。

「這個給你。」崔卉嵐拿出口袋的手帕，比了一下嘴角。

許之翰沒有料到她會跟來，更沒料到會收到她的手帕，所以猶豫了。

「喏。」崔卉嵐又晃了一下手帕，許之翰愣愣地接過，輕壓在自己的嘴角。

手帕上傳來了香香的味道，他偷看崔卉嵐，不明白她為什麼要跟來。

「我好像一直都沒有跟你道謝過。」崔卉嵐推了一下眼鏡。「謝謝你幫我當了班長，還當了這麼久。」

原來是這件事情，許之翰搔了下頭。「沒什麼。」

「如果你累了，我也願意再次擔任班長。」現在的她有朋友，也有了放鬆的方式，不會跟以前一樣痛苦了。「之前你是為了幫我，並不是真的想當，對吧？」

許之翰沒料到會如此。糟糕了，他覺得很開心，趕緊用手帕壓在自己的嘴和鼻子上，想掩飾害羞的神情。

「沒、沒關係，當班長我也、也當得很開心。」天喔，話說出口，他才發現自己聽起來像個白痴。

「哈哈哈。」崔卉嵐被他難得失常的模樣惹笑了。「手帕就給你吧，你剛才打球很帥氣喔！」揮揮手，她轉身就離開。

而許之翰握住崔卉嵐的手帕，原本還想著自己大概沒機會了，但，也許自己放棄得太快。

「別放棄了。」他對自己說，抬頭看著她離去的背影。

這次，他一定要在還來得及的時候，和自己喜歡的人在一起。

……

邢亞轉學來已經三天，雖然依舊很受女同學歡迎，但已經沒有女孩子會主動黏在他身旁。

除了因為邢亞明確表示過喜歡禹艾琪之外，便是他對其他女同學的態度稱不上是友善，於是女孩們自討沒趣也怕丟臉，便集體決定將邢亞供奉在神桌上，遠遠看著即可。

這也印證了邢亞一開始的說法，只有他找禹艾琪時，才不會發生靈異事件。

但因為如此，有些不信邪的男生們開始想著：或許鬼魂已經消失，所以現在又是人人都可追求的時候了！

即便大家都有自知之明，外型比不上邢亞，但是沒有追求過，怎麼知道有沒有機會呢？

所以禹艾琪的座位便陸續出現一些小零食、飲料等，好幾次甚至有男生親送早點，可是一離開教室便會摔倒或是受傷。

就這樣，鬼新娘的傳聞又甚囂塵上，人人退避三舍。

也因此，另一個奇怪的謠言跟著流傳起來。

「邢亞是禹艾琪命定的對象，那男鬼才沒辦法騷擾正統的紅線姻緣。」

這是多麼浪漫的說法呀，也是眾多男女打退堂鼓的原因。

可是知情的人，例如那天在操場上聽到邢亞解釋的幾個人，明白男鬼不攻擊邢亞，不過是因為邢亞是他的雙胞胎弟弟。

但廣義來說，這也算是「被認可」的姻緣，也就是說，除了邢亞以外的男生要追求禹艾琪，都會被男鬼當作敵人。

「不覺得這樣的傳聞很浪漫嗎？命定的戀人吔。」孫又嘉調侃著。

「別提了，這樣子很奇怪吧？」禹艾琪嘆氣，看著正打著羽球的邢亞。

「為什麼奇怪？」崔卉嵐則是注意到又是許之翰和邢亞對打，他們兩個這麼要好嗎？該不會等等打著打著，又打起來吧？

「瞧，他為了自己哥哥來找我，那他是真的喜歡我嗎？」禹艾琪對於這一點很不能釋懷。「他只是要完成哥哥的遺願吧？而且，我根本不認識長得像邢亞的人，所以不可能見過他哥哥。邢這個姓氏這麼特別，要是我曾經有過這樣的同學，一定會記得。」

「所以？」孫又嘉喝了口水。

「所以就是，他哥哥是在哪裡喜歡上我的？喜歡到不惜斬斷我所有桃花，並且要他弟弟過來，這不是很奇怪嗎？」禹艾琪腦子終於通了些。自從知道鬼魂的真實身分後，她就不再那麼懼怕了。
「難道是男鬼路上飄蕩，忽然看見妳就一見鍾情？」崔卉嵐重複孫又嘉之前的猜測。
「之前問過邢亞呀，但是他不明說。」孫又嘉兩手一攤。「但我覺得邢亞對妳好像真的有感情吔。」
禹艾琪翻了白眼，不予置評。
「他是很帥沒錯，可是我只要一想到是哥哥託夢才過來的，我真的無法吔。」禹艾琪左右張望。「而且我跟妳們說，那天我還是有跑去玉皇大帝那兒拜拜，結果妳們知道怎樣嗎？不給籤！擲筊也說不管這件事情！」
「哇，妳現在可是變成神明認可的鬼姻緣吔～～」崔卉嵐還在那邊開玩笑。
「好啦，我知道這真的很怪，那是剛好今天邢亞很帥看起來又很讚，不然如果來個阿里不達的，這樣強迫的鬼姻緣也很可怕。」孫又嘉搖頭。「還是跟邢亞商量，去他家祭拜他哥，讓這一切平安落幕？」
「我也是這樣想，但要怎麼開口？而且如果見到他的爸媽，我要說『嗨，叔叔阿姨，你們死去的兒子在騷擾我喔』這樣嗎？」禹艾琪抱住頭，覺得頭很痛。

「哈哈哈，喔抱歉，我不該笑的。」崔卉嵐捂住嘴。

「不如先跟邢亞混熟一點，再跟他提議這件事情，也比較不會尷尬。反正現階段男鬼也不太作祟，反過來想，他也是幫妳杜絕了一些爛桃花。」孫又嘉這種既消極又積極的想法，某個層面來說挺樂觀的。

「又嘉，我是真的頭很痛，我只是希望自己像妳和沈必佑那樣，沒有什麼鬼怪作祟，只是因為喜歡彼此就交往。」禹艾琪扶額。

「哎，我和沈必佑沒那麼浪漫喔，妳忘了我們一個想接吻、一個想逃避，才莫名其妙在一起嗎？」孫又嘉澄清，希望她別對愛情有什麼美好妄想。

「不管啦，至少你們現在很相愛啊！」禹艾琪的頭在孫又嘉肩膀不斷來回地蹭。「而且邢亞不是說過，他來了，他哥哥就離開了嗎？那為什麼現在還在？」

「可能投胎號碼牌還沒拿到吧。」崔卉嵐把柯品任傳來的訊息給他們看。「但不管怎樣，現階段就是邢亞可以，大家不行。」

「……我想還是要找一天，去邢亞家親自上香比較好。」禹艾琪下了結論。

「來我家？」邢亞不知道何時來到她們身邊，拿著毛巾擦拭自己的汗水。

「哇！」三個女生被嚇了一跳，孫又嘉卻覺得正是好機會，立刻用手肘頂了頂禹艾琪要她問。

「呃，那個……你之前不是說，你來了你哥就會走了嗎？那為什麼他現在還會……騷擾其他人呢？」她想著到底要用什麼樣的詞彙才不失禮，但看起來邢亞並不介意。

「啊，這個呀？」邢亞聳了聳肩。「大概是因為妳還沒跟我在一起吧。」

這麼突然的直球告白，讓禹艾琪傻眼卻紅起臉來，其他人則是瞠目結舌。

要說噁心，是很噁心，但邢亞這麼帥，整個都變成浪漫了。

「呃，我是想說，看能不能找一天，親自跟你哥說明。」禹艾琪只能迴避邢亞的直球告白。

「找我哥？怎麼找？」邢亞反應過來。「妳是說上香嗎？」

「對。」

「可以啊，但最好是找一個我爸媽不在的時候。」邢亞思考了一下。「那就這禮拜吧。」

「這禮拜我們要去探望趙育澤。下禮拜呢？」

「探望？」邢亞因她的話而再次有些不悅，但很快地收起情緒。「我家只有這個禮拜可以。」

禹艾琪看著一旁的朋友，她們則是聳聳肩，要她自己決定。

雖然去探望趙育澤並沒有時間限制，可是她昨天也傳了訊息告訴他會前往，趙育澤還很開心地說著很期待，受傷住院已經很不好受了，還被喜歡的人爽約，一定會更難過的吧……

「嗯，不然等之後好了。」

反正，現在男鬼也沒人可以傷害了，所以禹艾琪思索了一下，便決定延後。

「是嗎……」邢亞看起來十分失望，但還是勾起嘴角。「那我也和你們一起去探望朋友？」

「喔，不行！」孫又嘉立刻阻擋。

「為什麼？」邢亞明知故問。

趙育澤就在追求禹艾琪了啊，卻屢次被鬼襲擊而住院，結果在這時機點來了個完美轉學生，還不會被鬼攻擊，這要趙育澤怎麼度過枯燥的住院生活？他想必會十分氣惱。

「我們可沒白痴到把情敵帶去醫院喔。」

但孫又嘉還在考慮要怎麼委婉說明，崔卉嵐已經拋出直球，這讓禹艾琪尷尬地「喂」了聲。

「是這樣呀，我想說他能親眼看看情敵是多厲害的對手，會比較安心點呢。」但邢亞只是移開眼，轉身後擺擺手。「好吧，那就下次了。」

「邢亞有時候真是過分地自信呢！」崔卉嵐嘟嘴。「雖然的確很有本錢自信就是啦。」

「我倒覺得有點可怕。」孫又嘉搖頭。「所以妳到底對邢亞還是趙育澤比較有興趣？」

「是啊，我看妳好像對兩個都會臉紅，要三人行也是可以啦，但這樣時間怎麼分配？」

「到底在講什麼！」禹艾琪摀住自己的雙頰。「我只希望大家都不要受傷，根本沒辦法細想自己的感覺，都要擔心那鬼會不會又怎樣。」

而且，她也不想因為邢亞不會被攻擊，於是好像只能跟邢亞在一起。

愛情應該是要經過相處、了解、衝突與磨合後，才會忽然發現的一種情感，而不是現在這樣，像是被制約了一般。

「也不是不能了解啦。」孫又嘉收拾起想玩鬧的惡趣味。身為當事人，的確會很煩惱啊……

08

邢亞希望禹艾琪可以選擇自己，才會特意說只有這禮拜有空。雖然他也知道阻擋她這禮拜去探望趙育澤沒有意義，因為只要禹艾琪想，她們隨時都能去。

所以，他換了個方式，自己也願意前往，卻被拒絕了。

星期六，他待在空無一人的家中。這個家連家具都只有簡便的床和桌子，其餘皆空蕩蕩的。在這偌大的空間，睡醒後的邢亞只能坐在床邊，無事可做，無人可聚，但他能呼吸、能吃飯，已經是種恩賜。

「哇，沒想到你還真的有家。」一個聲音從大門方向傳來。

邢亞一愣，立刻衝到玄關，只見許之翰已經自動脫下鞋子，進入家門。

「你怎麼……」

「我前幾天跟蹤你，想知道你能住在哪裡，沒想到房子還不錯。」許之翰搖著手指。「而且要習慣鎖門啊，一壓就開了，很危險。」

「我？危險？」邢亞冷笑。

「也是，危險的應該是闖空門的人。」許之翰舉起兩手。「我是無害的學生，還帶了 Pizza 過來，不要傷害我。」

邢亞看著他手上的大盒子。他知道 Pizza 這東西，也一直想吃吃看，忍不住嚥了嚥口水。

這樣細微的動作當然逃不過許之翰的眼睛，他一笑，踏入了邢亞的家中，稍微環顧一圈。格局方正的兩房一廳，但唯一有家具的只有主臥房，一張雙人床和桌子，其他都是空的。

「你錢怎麼來？」許之翰把 Pizza 放到桌子上，一屁股坐在地板上。

「不太用到錢，但確實有給我。」邢亞簡單回應。

「我對你的事情有很多疑問，你能老實告訴我嗎？」許之翰打開盒子，Pizza 的香氣傳出，美味得邢亞食指大動。

「要看你問多少，只是我沒想到你會記得。」邢亞拿起一片熱騰騰的 Pizza，大口咬下，香味撲鼻。

「還有飲料。」許之翰從購物袋中拿出可樂。「就像我沒想到會在這裡見到你一樣。」

邢亞有些欣慰，看著許之翰說：「但是，你還記得一切，讓我非常高興。」因為在這陌生的世界，還有曾經的同伴存在，對邢亞來說有多麼可貴。

「……既然你也知道是不同的世界了，為什麼還這麼執著於禹艾琪？」

「因為……她死的時候，我沒有陪在她身邊……」邢亞放下手中的Pizza，痛苦而糾結。

「……當時的大家都沒能陪在心愛的人身邊，那不是你的錯。」

「是我的錯，她在最後見到的是怎樣絕望的情景？有人陪著她嗎？她恨我嗎？」邢亞抓緊胸口，眼淚忍不住溢出。「就是因為她恨我，才會一點時間都不給我就離開了，不是嗎？」

「邢亞，不是那樣。」許之翰抓住他的肩膀，第一次露出了難受的神色。「本來死亡以後就該離開，是你為什麼沒有走？」

……

禹艾琪穿著牛仔洋裝，帶了水果禮盒來到醫院門口，但到了約定的時間，卻沒見到其他人出現。

「抱歉嘿，趙育澤現在嚴重落後，所以我們商量一下，決定不過去了。」

「妳自己去看他吧！這樣他會更開心。」

結果卻收到來自孫又嘉和崔卉嵐的訊息，禹艾琪瞪大眼睛，立刻就要打電話回去，但兩個人就是死不接，她急得立刻傳訊息。

「要是只有我一個，趙育澤又被鬼找麻煩怎麼辦？」

「就算之前有我們在，他也是一直被找麻煩啊。」

「況且如果真的怎樣，他現在在醫院，急救得也快。」

結果這兩個女的回了些風涼話，但確實有幾分道理。

人都已經來到醫院前，也和趙育澤約好了，加上現在他會在醫院也是因為自己，因此雖然暫時對於趙育澤的感情有點彆扭，可基於情義，她還是得進去。

所以她深吸一口氣，踏入醫院，搭著電梯來到病房樓層，先是在門口張望了一下後，才敲了房門。

「請、請進！」這裡明明是三人病房，但趙育澤卻大喊著，這讓另外兩名病人的家屬拉開簾子，往外看了一下。

「哎呀，小女朋友來探病。」

「難怪，我就說那床的同學從昨晚就一直很浮躁。」

「動來動去的聲音讓我們很難睡。」

另外兩床的人閒話家常，讓禹艾琪些微尷尬。腳骨折而被固定在床上的趙育澤無法自由移動，又因為自己的床位在最裡面，所以十分著急。

稍早，他收到了柯品任的訊息，提到今天他們全數放鴿子，讓禹艾琪一個人前來，說這是為了公平，卻沒說詳情，就連趙育澤問最近學校有什麼趣事，他們也都不願詳談。

所以他原本有點擔心，該不會是禹艾琪嫌他煩或是想遠離他之類，不過今天禹艾琪明明知道自己被放鴿子了，卻還是單獨前來，讓趙育澤信心大增。

「那個，今天只有我一個。」禹艾琪帶著不知所措的笑容，來到趙育澤的床尾，輕輕拉開本就沒關緊的簾子。

然而在看到她的瞬間，趙育澤差點覺得自己會幸福而死，何其有幸在普通的假日看見她穿便服，而且還是洋裝，根本是約會服……不行，他要克制自己不要胡思亂想！

「請、請坐！」趙育澤趕緊比著一旁的椅子。「因為我沒辦法移動，所以要麻煩妳自己來了。」

「啊，當然，沒關係。」禹艾琪趕緊把水果禮盒放到一旁的桌上。「這個是送給你的。」

「人來就好，幹麼帶禮物？」趙育澤嘿嘿笑著。

「一定要的，畢竟你是因為我才……」禹艾琪看了他打上石膏的右腳懸吊在那裡，十分內疚。

「啊，這個……因為我都沒去學校，不知道是不是又會被傳得很誇張。」趙育澤不好意思地抓了頭。「我是自己跌倒的，不是什麼鬼魂作祟喔。」

「啊？」禹艾琪一愣。「不是嗎？」

「我下樓梯時太急了，自己踢到自己的腳，所以踩空啦！」趙育澤尷尬地說。

「我是有告訴大家極力澄清，但是每個人都覺得我是騙他沒有鬼作祟，好繼續追求妳……」

說完這句話，趙育澤看到禹艾琪紅起的臉，才意識到自己說了什麼。

雖然他喜歡禹艾琪的事情似乎全校都知道了，但這近乎表白的話他還是第一次在本人面前說，這下子連自己也慌了，雙手亂揮著說：「不、不是，我的意思是，真的不是鬼的關係，是我自己……但也不是說我剛剛講的是假的，我也……」

他都不知道自己在說什麼了。「抱歉……」最後只回歸一句道歉。

「哈哈哈！」但他這樣的窘境，卻讓禹艾琪笑了起來，刷去了那些尷尬。「謝謝你告訴我。」

「謝謝告訴妳？是喜歡妳這件事嗎？」趙育澤耍呆，又讓她紅了臉。

「不、不是，是這件事情不是鬼魂作祟。」她比了一下骨折的地方。

「哦……喔喔！抱歉。」結果就是又道歉了。

但如此青春的對話、青澀的反應，讓另外兩床的病患們聽得都害羞了，紛紛找藉口離開病房，給兩個人一點點空間。

「加油啊，弟弟。」隔壁的爺爺離開前還探頭過來打氣。

「不不不，爺爺，你們不用走！」趙育澤想阻止，但爺爺只比了個讚，他的家人也對他們眨眼，就推著輪椅出去。

「對不起，大家都誤會了……」趙育澤再次道歉。

「明明該是我對你道歉，但你從剛才到現在，已經跟我道歉三次了呢。」禹艾琪拿起她買的飲料，插好吸管交給他。

「妳為什麼要跟我道歉？」趙育澤不明白。

「就是你為了我受很多的傷，對不起。」

「那也不是妳的錯呀，不要道歉。」趙育澤連忙說著，皺起眉頭，很怕禹艾琪過於怪罪自己。

「但你是因為接近我才會受傷。」禹艾琪握緊雙拳。

「要這樣說的話，那有錯的應該是喜歡妳的我啊，要不是我喜歡妳、接近妳的話，也不會被那個男鬼傷害。」趙育澤急了，說出的話如此直接。

「不是，怎麼會是你的錯。」禹艾琪抬頭，對上了他的眼睛，兩個人瞬間不好意思，別開了眼，可是又小心地再次對視。

「真的要說錯的話……」趙育澤喝了一口飲料，酸酸甜甜的，就像是現在的滋味一樣。「那也是那個男鬼的錯，怎麼能因為喜歡妳，就去傷害別人呢？」

禹艾琪先是愣了下，接著笑了起來。她的手捂在自己的嘴邊，看著趙育澤通紅的臉，在此刻，她的心也甜甜癢癢的。

「對了，此刻的氣氛依照過往經驗，男鬼感覺也要發作了，可是他怎麼沒有鬧事？」趙育澤咳了聲，問出核心問題。

在前往病房的路上，禹艾琪就考慮過是否要說出邢亞的事情。她總覺得由她來講怪怪的，好像是在宣告「現在有人在追我喔」，而且對象還是為了追求自己而受傷的趙育澤，這怎麼說都……可是，自己又有義務告訴他鬼的來歷，畢竟趙育澤是受害最多的人。

她握緊雙拳，猶豫再三。「那個……趙育澤。」

「有！」趙育澤心臟一縮。天喔，這是禹艾琪第一次叫他的名字吔！

「我們知道男鬼的身分了。」禹艾琪緊張地看著趙育澤，還是決定說出來。

「我、我不確定你聽了以後，會有什麼感覺，可是我並沒有其他意思，我只是覺得應該要告訴你。」

「你們怎麼知道的？柯品任查到的嗎？還是拜拜了以後，廟方給了回應？」趙育澤急忙問，飲料都差點要打翻了。禹艾琪連忙抽了兩張衛生紙給他，兩個人的手也稍微碰觸到了。

「呃。」禹艾琪一下緊張起來。自己和趙育澤的距離好近，一抬頭，就看見他的臉孔近在眼前，彷彿能感受到他的氣息。

「對不起！」趙育澤立刻放開雙手，上半身往後退，結果飲料就這樣鬆手，真的打翻了。

「哇！」禹艾琪大叫，立刻把飲料拿起來，好在灑出的並不多。

「我在幹麼，我來，我來收……」

「沒關係，我來，你這樣不方便。」她抽了一旁的濕紙巾，快速擦去液體，又用了乾淨的衛生紙壓著。

呼，覺得自己的臉好熱，現在她正在擦趙育澤的床鋪，被子的下方還是他的腳……嗯，有點尷尬，而且趙育澤正盯著自己的左臉看，她覺得好害羞，所以加快動作。

「那、那妳說是怎麼找到那鬼的？」趙育澤咳了聲，看著禹艾琪通紅的側臉。她就在自己眼前，要是還在學校的話，他們肯定不會這麼接近吧？

某方面來說，也是要謝謝因為男鬼的關係，才能和她的距離加速拉近，這就叫做因禍得福吧！

「就是，最近來了一個轉學生，叫做邢亞。」禹艾琪一面擦拭著，一面把這禮拜學校的事情仔細講過一次，包含男鬼的身分，以及只有邢亞不會被攻擊。

這一聽，趙育澤都傻了。怎麼自己不在的時候殺出一個程咬金？他原本想著會被鬼攻擊也沒關係，反正全校對禹艾琪有意思的男生，聽到鬼魂作祟以後都打退堂鼓了，只有他依舊勇往直前。

他還天真地想，有一天男鬼也會被他感動，或是說神終於發現這裡有個為非作歹欺負人類的鬼魂，而這些日子來自己的堅持，也能融化禹艾琪的心。

可怎麼也沒想到，現在出現一個被鬼魂認可的雙胞胎弟弟，還被取了什麼命定般的戀人這種稱號，難怪柯品任會說什麼公平，他現在就是處於不公平啊！

見到趙育澤握緊雙拳不說話，讓禹艾琪有點緊張。她並不是要炫耀什麼，如果可以的話，她希望大家都是朋友……

「妳喜歡他嗎？」沒想到趙育澤忽然這麼問。

「什、什麼？」

「我說，妳喜歡他嗎？」

禹艾琪咬唇。「我沒辦法考慮那些事情。」

「那妳喜歡我嗎？」

「蛤？」禹艾琪瞪大眼睛，沒料到被告白又被要求答案。「這……我說了，我沒辦法考慮那些事情。」

「那我跟那個邢亞，目前妳對誰的好感比較多？」趙育澤確實是急了，畢竟他人在醫院，這段時間邢亞要如何採取攻勢，他都沒有辦法因應。

「我沒辦法思考那些……我對你們兩個都不夠了解，就一直要擔心你們被鬼傷害，結果之後又不會被傷害了，可是鬼的事情還是存在，所以我想去祭拜他，真正地拒絕他。」禹艾琪握緊雙拳。「在這之前，我沒辦法考慮任何感情的事情。」

說實話，她也覺得自己很狡猾，用這樣的方式拒絕兩個人，卻又不算是真正的拒絕。

如果可以，她希望邢亞和趙育澤都離自己遠一點，可是不可否認，她在某種程度上都被兩個人吸引著。

要說是喜歡，又言之過早，要說是好感的話，誰不會對這樣優秀又截然不同的兩個男孩動心呢？

「對不起……」結果到最後，她只能道歉了。

「不要道歉。」趙育澤看向她，誠摯又溫柔。「我們誰都沒有錯。」

哎呀，被困在醫院之中無法動彈，他心裡可是比誰都還要著急。

可是，能和禹艾琪在短時間內突飛猛進的進展，對他來說已經十分感謝了。

他喜歡禹艾琪，不單單只是一見鍾情，第一次見到她，他就覺得自己已經等她好久好久。

就算被鬼魂傷害，他也絲毫沒想過退縮。

有時候，他會有一個奇怪的念頭，便是——

這一次，我一定要跟妳在一起。

09

邢亞在門口偷笑著。和邢露形影不離這麼多年，雖然自己也求婚過，但從來沒有得到這麼明確的答案過。

她也喜歡著自己，甚至，她是在邢永面前承認這件事情，這對他有多重要！

邢亞從以前就隱約感覺，邢永喜歡邢露，因為他對邢露的態度很反常。雖然邢永不是紳士類型，但他絕不會主動找女生麻煩；唯有邢露，邢永總是喜歡三不五時地戳一下邢露，惹得她大哭，再露出嫌惡卻又歡愉的模樣。

那是一種欺負喜歡的女生的幼稚行為，而邢永自己似乎也沒發現這件事情，還歸咎於是太想和邢亞毫無顧忌地玩耍的緣故，才會去找邢露麻煩。

所以，當邢亞看見邢露一個人在溪邊哭泣時，才主動求婚。

因為，邢永都做到這地步了，再過不了多久，邢永一定會發現自己的心意……不，也許馬上就發現了。瞧，邢永不是回來了嗎？躲在石頭後面看著。

邢亞在邢永面前，始終有矮一截的挫敗感。

邢永身形結實，相貌不賴，就連家中的田地也是邢村數一數二大的，他接管了家中一半的田地後，收成更是最為豐碩。

同時，邢永的號召和組織能力，也是有目共睹。某次，村裡下起豪大雨，所有人都來不及逃難和收成，是邢永有效率地快速告訴大家該做什麼，並組成隊伍分批救難和搶收。

如果邢亞不是和邢露一起長大，有一天，邢露一定也會被邢永吸引，一定會有那一天的。

「邢永哥哥和邢亞哥哥，誰比較厲害呀？」七歲的邢雨曾經這麼問過。

「笨呀，這怎麼能比。」同年的程曉打了一下邢雨的頭。

邢雨和程曉是村裡的孩子，他們就住在邢亞家旁，所以總是跑來他這裡串門子，當然也和邢露關係良好。

邢露總說：「看見他們，就好像看見小時候的我們一樣。」

「那邢雨，我問妳，如果是我和邢永，妳要嫁給誰？」邢亞趁著邢露不在，問一個七歲的小女孩這樣的問題。

「嗯，邢亞哥哥很帥又很溫柔，但是邢永哥哥很酷又很強，我要跟邢永哥哥結婚！」邢雨給了一個讓另外兩個男孩心碎的說法。

「邢雨喔！妳不是應該要嫁給我嗎……」程曉哭喪著臉，咬著手指委屈巴巴。

「誰說的?!」邢雨睜圓眼睛，嬰兒肥的肉肉還掛在臉頰邊。

「因為不是年紀差不多的……一起長大的……都要結婚的嗎？」程曉比了比邢亞。「像是邢亞哥哥和邢露姊姊一樣呀。」

「哪有這樣規定，邢露姊姊要嫁給別人也可以啊。」邢雨哼了聲。「啊，可是不可以跟我搶邢永哥哥喔……」

「邢露才不會嫁給別人，她以前就答應過我的求婚了。」邢亞立刻說，嚴肅得讓兩個小孩一愣。

「怎麼了？」邢露正巧採完野菜回來，就看見三個人僵住的模樣。

「邢露姊姊，邢亞哥哥剛剛說——」

「哇，邢露，妳採了什麼回來呀？」邢亞趕緊擋在程曉面前，接過了邢露手上的籃子。

「就是一些普通的……你們在聊什麼？」邢露好奇看著後頭嘟嘴的邢雨。

「沒有，哥哥在問我，他跟邢永哥哥的話，我會選誰？」邢雨才不怕邢亞呢，老實這麼回答。

「哦？那妳選誰呀？」邢露笑著看了一旁的邢亞。

「姊姊，不是應該要選我嗎？」程曉又在一旁哭了。「大家都說邢雨是我的老婆呢……」

「哼，少來！」邢雨吐了舌頭。「那姊姊，妳會選誰呢？」

忽然間，邢雨問出了關鍵問題，這讓邢亞張大耳朵聽著，一臉期待。

邢露當然也發覺這樣的狀況，她忍著不偷笑，故作猶豫地用食指點著下巴。

「嗯，該選誰呢？」

邢亞張大嘴。怎麼不選自己啊！

難道、難道邢露忘記小時候的求婚了嗎？

邢露則是偷笑，故意不給明確的答案。

就這樣過了幾天，邢永來了。

他穿著正式服裝，還帶了美麗的花朵，邢亞緊張了起來。

這些年過去，邢永越發成熟，也到了適婚年齡。村裡的女人都在等待邢永的求婚，甚至有些女人主動投懷送抱，但都被他拒絕，這讓邢亞非常緊張，每天都在擔心邢永為什麼還不定下來。

所以當邢永出現在邢露家的時候，邢亞的內心警鈴大作。他多想就這樣把邢永往外推，推到邢露再也看不到的地方。他明白，只要是女人或許都會選擇邢永，不是現在只有十四歲的自己。

但是，邢露卻拒絕了，甚至當邢永說了願意一直等她時，邢露也只是說著，她不會和邢亞分開。

這讓邢亞非常高興，一直懸浮的腳總算稍微踩到了陸地上。

雖然，邢露收下了邢永的花，讓他非常非常在意。雖然，邢永依舊沒有結婚，每每收成時便會送來豐盛的農作物給邢露，也讓他很在乎。雖然，邢永的雙眼依舊在邢露身上；雖然，邢露還是在邢亞身邊。

可是，邢亞就是無法不在意邢永。

時光荏苒，邢亞十七歲了，邢永也二十歲了，但他依舊沒有成家，這在村裡可是人人稱奇的事，也因此村裡的人都知道，邢永還在等邢露。

於是在邢亞十七歲那年，他便和邢露求婚了。那天是個風和日麗的日子，他帶著邢露來到村外的草原，編織了美麗的花冠給她，上頭只有一朵玫瑰，其餘皆是草與樹枝，但邢露很開心地戴上了。

「這是用我的印象去做的嗎？」她坐在草原上，看著眼前的邢亞問。

「是呀。」邢亞拉起邢露的長髮放到唇邊一吻。「如草般堅韌、翠綠，遍布在我的心中，如玫瑰般帶刺、嬌弱又美麗。」

他抬眼，黑眸對上邢露，在陽光下純粹得發亮，帶著強烈的愛慕與慾望。

「邢露。」

那聲音沙啞又性感，邢露紅了臉，明白此刻的意義。

「是。」她的眼眶已經盈滿淚水。

「妳願意和我結婚嗎？」

「願意，當然願意！」邢露伸手抱住了邢亞。「你知道我等了多久嗎？」

邢亞也回抱她。

終於，他的心不安了這麼久，在十七歲的這時候，邢露要嫁給他了，從此以後，邢永永遠不會有機會了，邢露永遠是他的了。

「你哭了嗎？」邢露感受到自己肩膀上的溫熱。

「我太高興了。」邢亞說著。

在那美麗又和諧的地方，他們交換了誓言之吻，許諾了終身。

很快地，兩人的婚禮簡單卻隆重地舉行了，村裡許多人都參與了，包含邢永，紳士地送上了許多農作物。

「這輩子，就讓給你了。」邢永在婚禮上對邢亞說，雖然有點不識大體，但就他的心情來說，村民們也是理解，帶著愉快的氣氛，說出了自己的傷心。「下輩子，我會讓邢露選擇我的。」

「下輩子，我也會想嫁給邢亞。」穿著美麗衣裳的邢露卻俏皮地說，牽起了邢亞的手。

邢永嘆氣一笑，看著那雙交握的手。

這輩子他真的是錯過了，在一開始就用錯了方法，但沒關係，下輩子他會努力的……會努力追到邢露，無論遇到什麼樣的挫折，他都不會放棄。

「邢雨喔，妳看，邢亞哥和邢露姊最後真的結婚了啊。」已經十歲的程曉拉起一旁邢雨的手。「妳瞧，邢永哥看起來也永遠會喜歡邢露姊一樣。」

「你想說什麼？」邢雨看著大膽的程曉居然敢牽自己的手，或許是被這裡的氣氛感染，她竟然也沒有甩開。

「所以說呀，我現在也跟妳求婚，等妳十六歲的時候，我們就結婚吧？」程曉紅起了臉。

「哈！還要六年吔！」邢雨哼了聲。「六年後，如果你真的成為好男人，我再考慮吧！」

「我會的啊，一定會的。」程曉傻笑起來。「那如果妳願意嫁給我，到時候可以拿朵白花暗示我嗎？」

「哼。」邢雨撇過頭，用不回應掩飾了自己的害羞。

就這樣，他們度過了幸福又和平的一段日子，以為就會這樣到永遠，卻在一夕之間風雲變色——

那天是個再平常也不過的日子，天氣很好，萬里無雲，邢村很早就開始一日的工作。

邢亞親吻了新婚妻子邢露的額頭。「我要出門了。」

「這麼早？」邢露翻身。比平時還早半小時呢。

「今天是收成的日子，晚一點還得帶程曉到魚塭那裡呢。」邢亞整頓好一切，拿起工具就要離開房門，邢露趕緊加了一件外套從床上下來。

「魚塭離村子裡有點距離……」邢露似乎正在思考些什麼。「那你什麼時候會回來？」

「嗯，要收成又要去魚塭，應該比平常會晚一點。」邢亞摟了她一下。「怎麼了嗎？想要我提早回來？」

「不用，你照你的行程就好，不用急著回來沒關係。」邢露趕緊拒絕。

邢亞雖然覺得有點奇怪，但是再不出門就來不及了，所以他吻了吻邢露，道了再見。

邢露站在門邊，看著遠去的邢亞背影，直到再也看不見後，便關上了門。

雖然不到中午，陽光依舊強烈，邢亞在田地裡收成了農作物，並交給了村裡的集中地區分配，並與程曉約在此處相見。隨後兩人徒步走了一段路來到魚塭，將準備生產的母魚隔離，並捕捉漏網的小魚。

「邢亞哥，我問你喔，以前邢露姊答應跟你結婚，也是十歲對吧？」

「怎麼了？邢雨也答應了嗎？」邢亞看著紅了臉的程曉，就像是看到以前的自己一樣。

「雖然算是答應了，但她要我成為一個好男人才會考慮。」程曉將母魚丟到一旁的魚塭，有些洩氣地說：「要怎麼成為好男人呢？」

「你就做你可以做的事情，穩紮穩打就行了。」

「但是我偶爾會想……像邢永哥那樣優秀的男人，都不被愛的人所選了，我這樣的又……」程曉看了一眼僵住的邢亞，趕緊說：「但是當然邢亞哥你也是很優秀的人，我只是偶爾會很不安……」

「我也是會不安的啊。」邢亞爬上了魚塭，脫下防水褲和雨鞋，坐到地上。

「是嗎？我看邢亞哥總是游刃有餘。」

「那是裝的，在邢露面前，我也會想裝酷一點。」就像邢永，那或許是他這輩子無法抹去的威脅吧。

「原來邢亞哥也會這樣，太好了。」程曉鬆了一口氣。

「這是什麼意思？」

「要是邢亞哥這麼優秀的人都會緊張了，那我沒自信也就不是什麼怪事了。」程曉也從魚塭爬上來。

「邢雨會明白你的好的，她那種個性，一定也是接受你了才會答應啊。」邢亞推了一下程曉，兩人笑了起來。

就在這時候，一陣天搖地動，那巨大的聲響和搖晃的大地，讓邢亞跟程曉被震得整個人再次往魚塭跌下。然而晃動之巨大，魚塭宛如放入碗中的水一般左右搖晃，灑出了許多的魚和水。

「這是怎麼回事！」程曉大叫著，但他的聲音掩沒在瘋狂咆哮的大地之中。

「邢露……邢露！」邢亞大驚失色，連忙要往家的方向跑去，但晃動的大地讓他們連站起來都很困難。

周遭傳來許多村民的尖叫與哭聲，還有恐怖的崩塌聲響，眼前一片土石與飛沙，什麼都看不見，也無法呼吸。

終於，晃動停止了。邢亞好不容易從地上爬起，他的身上多處擦傷，回過頭想找尋程曉，卻發現他半個人被埋在土石之中。

「程曉！」他大喊，立刻要挖出程曉。好在程曉渾身是傷，但還有一口氣。

「你沒事吧？醒醒，可以動嗎？」

「嗯……嗯，應該可以……」程曉哭了起來，身體的疼痛讓他無法自由行動，可勉強還能站起。「發生什麼事情了？」

「我也不知道，但想必很嚴重。」邢亞凝重地看著四周，魚塭裡的水灑出了三分之一，有些魚群也被甩出去，在泥土地上掙扎。

邢亞抓住程曉的肩膀。「打起精神，能站起來嗎？我們必須回去村子裡看一下情況。」

「天啊，爸爸、媽媽還有邢雨！」程曉臉色刷白，他的手腳受到嚴重的擦傷，但想起重視的人，還是爬了起來。

「對，我們要設想最糟的狀況……」邢亞咬牙，想著在家等待的邢露。要是讓她一起出門……或是他不要出門，他們至少現在還在一起。

但他必須振作，所以拉著程曉起來。「我們走吧！」

「好！」

程曉吃力地和邢亞往村裡的方向奔回去，內心卻越發覺得不妙。當他們靠近村莊時，兩個人都傻住了。

眼前是一片人間煉獄，幾乎一半以上的村莊都被大量的土石掩埋，四處傳來了悲悽的哭聲和絕望的叫喊。

「邢、邢露——」邢亞嘶啞地大喊，看著眼前一片狼藉，朝家裡奔去，但眼前所及之處全是山崩導致的土石掩埋。

「爸爸、媽媽！邢雨！」程曉也大喊著，他往自己家的方向飛奔去，然而邢亞此刻也無暇管他。

放眼望去，村子幾乎無處完好，整座村莊幾乎全被土石掩埋，就連原本這些地方有什麼都看不出來了。

「邢露！邢露！」他尖聲喊著。

他們的家就在山壁邊，前方還有邢露細心照料的小花圃，但如今只剩下不知多厚的土石，覆蓋一切。

「邢亞！你還活著?!」幾名倖存的村民灰頭土臉地從一旁跑過來。「快幫忙把人挖出來！」

他悲痛欲絕。「我要找邢露，邢露她——」他徒手挖掘著泥土，手指頭都挖得滲出血來。

「冷靜點！邢亞！邢露沒有在下面！」對方大喊，讓邢亞回神。「一早我就看見邢永來找她，所以他們離開家裡了。」

「邢永……邢永！那他們去哪裡了?!」他大喊。

「我不知道，後來土石瞬間坍塌，誰都來不及——」村民沒把後面的話說完。

對，邢露是不在家中，但她只要在村裡，也不一定活著。

「救命……」有些村民被埋的地方較淺，他們聽到了呼救，邢亞和其他人趕緊把人挖出來。

他心裡一面想，邢永來找她做什麼？邢露又為什麼會跟著出去？

不，多虧邢永來了，所以至少邢露沒一個人在家而被活埋，他要感謝邢永……

那現在邢露在哪裡？

邢亞越想，眼淚掉得越凶，一面挖掘出仍存活的人，卻又會挖到不完整的殘缺身體，讓他好幾次差點崩潰。支撐他繼續下去的是邢露，他相信……也許在某個地方，邢露還活著。

然而，就在他們挖出第三具屍體時，再一次的天搖地動降臨了。

這一次，邢亞沒能躲過。

他抬起頭，看見大片土石從天而降，一塊巨大的石頭落到了身上，生命在瞬間化為烏有，半點猶豫的分秒都沒有。

10

邢亞看著眼前的可樂和 Pizza，以前，他可沒吃過這樣的東西。

「我以為你也早就投胎了，沒想到你的靈魂還在那裡。」許之翰看著眼前的邢亞，他還是當時十七歲的模樣，可是那場天災已經過去好幾十年了。

「太突然了，況且我沒找到邢露，沒辦法離開。為什麼大家都放下得那麼乾脆？為什麼一死亡就能馬上前往另一個世界，甚至投胎？難道沒有任何話想說，沒有想再見見每個人嗎？」邢亞抓住許之翰的手。「你說啊，程曉。」

許之翰——或是該說程曉——無奈地看著邢亞。

在那場天災後，死去的村民幾乎都投胎了，少數放不下的人飄蕩了幾年後，也決定邁向新的人生。他沒想過邢亞會過了這麼久仍沒投胎，依舊在那裡……不對，是在邢露身邊。

「你明明也在找邢雨，明明也放不下，為什麼你能夠馬上投胎？」邢亞幾乎有點責怪地看著許之翰。「而且為什麼你還會記得前世的事情？」

許之翰搖頭。他對這一切也很莫名。

那天是人間煉獄，還是程曉的他看見了父母不完整的屍體，他大哭且情緒崩潰，但還讓他保持一絲理性的是，邢雨的家只毀了一半。他立刻跑過去，卻見邢雨的母親崩潰大哭。

她一見到程曉，馬上抓著他問：「邢雨呢？她有沒有跟你在一起？」

「沒、沒有啊！她不在家嗎？」程曉慌了。

邢雨的媽媽哭喊起來。「她說要去找你！她帶了好幾朵白花說要送你，她……我的邢雨啊……」邢雨的母親聲音撕心裂肺，如同程曉一樣。

他回過頭，奔回自己家，在他爸媽不完整的屍體下發現了許多白色花瓣，以及一雙白皙的小手。

程曉激動地挖掘泥土，但那只是隻斷掌。

他放聲大吼著，在那一瞬間，更加強烈、巨大的土石崩塌蓋下，邢村至此全數毀滅。

而就在程曉死亡之後，他的靈魂來到一處無法形容的地方。明明在死亡之前的自己還充滿恐懼與痛苦，可是站在這片白茫的淨土上，他所有的不安和留戀，好像都消失了。

他往前走向筆直的白色道路，一路上都被一股溫柔的情感包覆著，他再也不畏懼、不痛苦，感覺在這裡，他很安全。

就這樣，他以許之翰的身分出生了。然而神奇的是，他居然保有前世記憶。

他記得程曉，可是他也知道自己是許之翰。

小時候，他時常會被土石掩埋的夢境嚇醒，偶爾也會哭喊著爸媽和邢雨的名字，可是隨著年齡增長，他對程曉的記憶逐漸模糊，他記得、熟悉，卻不眷戀。

程曉於他，好像是很久很久以前看過的一場電影，偶然提起某個片段，他會記得，可是畫面卻像是一格動畫般，逐漸失焦。

慢慢地，他幾乎要忘記程曉的事情了，只專注活著許之翰的人生。

「所以再次看到你，我非常、非常驚訝。你不只是記得，你是根本還活在那裡！」許之翰訝異地看著邢亞。「你是靈魂、是鬼、是死去的邢亞，你怎麼可能擁有肉身來到這世界？」

「因為上天憐憫我。」邢亞淒楚地一笑，按緊自己的胸口。「我不知道邢露去哪裡了，那片白光也無法撫平我的依戀和擔憂，一定要見到邢露，我才能放心……我在那片殘破的家園之中徘徊了好久，直到救難人員都來了，直到村莊都被清乾淨了，直到大多數村民的屍體都找到了……我還是沒看見邢露和邢永。」

「所以你認為他們還活著？」許之翰看著邢亞。

「……我一直想，不可能活著，那樣的慘況不可能……雖然沒有他們的屍體，但很多人的屍體也找不到，太殘破了……我希望他們還活著，但若還活著，不就表示她和邢永在一起？」

可悲的是，在這種時候，邢亞還是介意著邢永。

如果活著，他感謝邢永，但邢永卻帶走邢露。但若死了，為什麼兩個人的屍體都沒有找到？

「你在那裡徘徊到什麼時候？」許之翰略微悲傷。

邢亞黯然地抬眼，看著放在一旁的制服。

直到禹艾琪的出生。

原本邢亞依舊在已化為平地的村莊中徘徊，想著或許能找到邢露的靈魂。然後某一天，他真的感應到了邢露的靈魂，卻是來自遠方。

邢亞非常訝異，以為自己感應錯了，可還是帶著疑惑前往另一個城市。這裡繁華、熱鬧，而他看到高樓上的日期，才發現不知不覺間，時間已經過了這麼久。

邢亞飄到了一棟白色大樓，來到了他所感應的地方，看見令他訝異無比的畫面——那是一個小嬰兒，正在育嬰室睡得香甜。

「怎麼可能？怎麼……」邢亞顫抖地看著這個嬰兒，和邢露沒有半點相像，卻是邢露。

她投胎了，表示她死了，這也能說明為什麼他始終見不到她，也沒感應到她。

可是為什麼？邢露為什麼沒等他？她不擔心自己嗎？

「為什麼一聲不響就投胎了……」邢亞看著眼前的嬰孩，百思不解，也永遠不會有答案。

到底在那一天，邢永為什麼去找邢露，而邢露又為什麼會跟著他走？

在生命的最後，他們兩個是在一起的嗎？

成為鬼魂之後，邢露又是為什麼不等待他？難道在那片白茫之中，她已經放下所有對人世間的依戀，包括他了嗎？

邢亞看著已經轉生的邢露，隔著陰陽兩岸，終於崩潰地大哭。

他的疑問、無奈、被拋棄的感覺，她永遠不會知道了。

「邢露已經投胎成為禹艾琪了，為什麼你不去投胎？」許之翰看著他，不理解邢亞的行為。

跟在禹艾琪的身邊十七年，為的是什麼？再怎麼樣都是陰陽兩隔，再放不下，也得不了任何回報。

「我……我想看著她成長，期望有一天她能想起來。」邢亞伸手拿了飲料，卻沒有入喉。

「想起前世？怎麼可能。」許之翰嗤之以鼻。他是特例，一出生仍記得，但有關前世的記憶只會越來越模糊，不可能會忽然想起的。

「我每天都在邀請她進入村莊。」

「進入村莊？」

自從發現邢露已經投胎成為禹艾琪之後，邢亞不再守著那已經消失在地圖上的邢村，而是跟在禹艾琪身邊，陪著她成長。

雖然身為鬼魂，但他的能力並不高，只能透過夢境來潛移默化地影響禹艾琪的記憶。偶爾遇到比較陰的日子，他的能力會增加許多，便能讓夢境更加清晰，以至於禹艾琪醒來後還會記得些許。

而那種時候，他便會將夢境與邢村連結，只要她願意踏入村莊，便能來到邢亞記憶中的過往，他能讓她看看以前的生活，看能不能讓禹艾琪想起一點點過去。

可是，禹艾琪從來不願進入。

從此以後，邢亞便會提醒她現實中正發生什麼事情，想借此讓禹艾琪的印象更加清晰，希望在下一次入夢的時候，她會願意進入村莊。

「你要她想起來做什麼？」許之翰不能苟同。「她已經開始新的人生了，你逼她想起前世又能怎樣？」

「讓她知道我還在這裡啊！讓我知道那天的最後，她發生了什麼事情。」邢亞痛苦地說。

「你是鬼！她如果真的想起來，你想過她要怎麼辦嗎?!你能和她再續前緣嗎？如果你就去投胎了，那她呢？」許之翰逼問。

但邢亞此刻只想著自己這些年來的痛與等待。他看著許之翰問道：「你不該也理解我嗎？邢雨明明也在，但你卻……」

「邢雨也開始新的人生了，我重逢邢雨的時候，她身邊已經有沈必佑了。」許之翰垂下眼睛。

孫又嘉，是邢雨的轉生。

他雖然記得前世，但隨著年紀增長，前世的記憶如同小時候看過的老電影那般，重看時歷歷在目，可結束後，連這部電影收在哪一層櫃子深處都不記得。

當他第一眼見到孫又嘉，他便察覺她就是邢雨。可奇怪的是，他像是看著好久以前認識的故人一般，懷念、激昂，卻沒有想要更進一步。

「我跟孫又嘉一樣是人類，我都沒想告訴她這一切了，邢亞，你不能這麼自私，你已經死了，你是鬼魂……我不知道你怎麼還陽的，但想必也不是永遠吧？」許之翰看著四周少得可憐的擺設，彷彿住在這裡的人隨時消失都沒關係。

邢亞咬著下唇。「我有存在的期限，我也知道讓她想起過去沒有意義，但只要一次也好，我只想再一次和邢露相愛！」

許之翰看著眼前的痴情男人，唏噓搖頭。「但她不是邢露，她是禹艾琪。」

邢亞何嘗不知道這殘酷的事實，但他拒絕面對，只是扯出一個難看的微笑。「不試試看怎麼知道，說不定禹艾琪可以變成邢露。」

「醒醒啊！邢亞，那已經是上輩子的事情了！」許之翰伸手，碰觸到的是實質的體溫和血肉，但這明明不是邢亞該擁有的！

「對我來說還是這輩子啊！」邢亞用力推了把許之翰。「我才覺得你奇怪，保有前世記憶，卻不和孫又嘉再次相戀，你讓她喜歡上別人，連帶你自己也喜歡上別人，那程曉和邢雨又算什麼？」

許之翰嚴肅地看著邢亞。「是上輩子的事情。正常來說，上輩子的事情都已經結束了。這輩子本就是新的開始，是記得的我不正常、是執著的你不正常、是現在的你站在這邊逼迫禹艾琪要想起邢露不正常！」

邢亞憤而站起，比著門口怒吼：「你走吧，你已經不是程曉了！」

「對，我不是。」許之翰站起來，拿起自己的背包和外套。「那現在站在這裡的你，又是什麼？」

直到許之翰的腳步聲消失在門口後，邢亞才捂住自己的臉，忍不住哭了起來。所有的人都離開了，那些有著共同生活的記憶、度過恐懼死亡的村民們，都投胎了。

整座邢村，只剩下自己苟且偷生，緊抓著過去不願遺忘。

他的存在，其實依照陰界的戒律來說，並不犯法。本來就有許多亡魂不願意被超渡或離去，直到他們的執念消失後，才能前往下一個階段。

只是當他發現邢露轉世，寄宿在禹艾琪身邊，甚至入侵她的夢境企圖使她想起前世，這就遊走在戒律邊緣了。

這件事情本該沒人知道，偏偏禹艾琪國中時卻告訴了別人。當話一說出口，周邊的眾生就能夠聽到，傳來傳去，便傳至城隍耳中。

於是城隍警告他不得入夢騷擾已與前世斷絕的現世人，但對於他跟在禹艾琪身旁，城隍並沒多說什麼。於是，他繼續在禹艾琪身邊，其間出現一些追求她的人，他都會施以小技讓那些人知難而退。

他並沒有傷害他們，只是有時候，他們會因為過於驚慌或是巧合，不小心跌倒等等，真的不是他動手的。

傷害人類是大忌。

原本他想，好吧，禹艾琪想不起前世的事情就算了，這一輩子的他會好好在禹艾琪身邊陪著，直到她壽終正寢，他再與她開始前世的情緣。

可是，他做夢也想不到，會在這裡見到他。

邢永。

這是什麼命運的玩笑嗎？

邢露和邢永一起死去，又一起投胎，轉生後又是同年齡、同學校的同學，難道要他相信，邢露和邢永才應該是一對嗎？否則為什麼他和邢露陰陽兩隔，邢永卻能以肉身陪伴在她身邊？

「禹艾琪沒有男朋友嗎？」趙育澤看著她的背影，詢問一旁的沈必佑。

「又嘉說是沒有，你對她有興趣？」沈必佑看了一眼。「聽說追她的人不少，可是禹艾琪本人好像都不知道，神經大條。」

「這樣也好。」趙育澤笑了兩聲。

原本趙育澤只是遠遠地看著，偶爾和禹艾琪搭話兩句，這些邢亞都還能忍耐，只要她沒有任何回應，他都可以當作邢永不存在。

可是，趙育澤卻想更進一步，在廢墟之中想詢問禹艾琪的聯絡方式，這讓邢亞勃然大怒，那生前與死後的嫉妒、猜忌爬升到了高點。

他原本只是想嚇嚇趙育澤的，那陣風只是想搗亂他們的對話，卻因為廢墟建物老舊，導致磚瓦脫落。

邢亞嚇一跳，又颳起大風想吹偏磚瓦掉落的路徑，卻意外往禹艾琪的方向砸去——在那個短短的瞬間，邢亞腦中飄過了一個無法原諒的想法。

如果她死了，他就不用看著她有一天嫁為人婦，還能提早與她再續前緣。

這樣的邪惡思想在趙育澤奔向禹艾琪的瞬間，讓他醒悟了過來。那磚瓦砸到了邢永的身上。

雖然不是邢亞的本意，但人類受傷還見血了是事實，所以他遭到了城隍的刑罰，甚至被關入牢房三天。

他在牢房中握緊雙拳，滿腔憤怒。

為什麼邢永在那裡？

邢永跟上輩子一樣喜歡著邢露，並且極盡所能地想要靠近她。這讓邢亞非常不安。誰都可以，就是邢永不行。

而且，最讓邢亞無法原諒的是，他差點害死了禹艾琪，趙育澤卻救了禹艾琪。

「痴情的人呀。」當他在牢獄之中時，一雙美麗的繡花鞋映入他的眼簾。

他抬起頭，卻看不清來者。

「傷害人類是最要不得之事，但你的出生特殊，看得我也難受。」女人低語著。「你期望挽回姻緣，但她的姻緣已與你無關，倘若有機會，你能在她毫無顧忌也無記憶之下，再次喜歡上你嗎？」

「我可以！我能，但是我怎麼會有機會……」邢亞約略明白來者何人，恭敬地下跪並以頭貼地。

「我會和城隍商量。」她說著，眨眼便消失。

在邢亞被釋放回人間之後，他不斷想著城隍夫人的提議。其間，每當趙育澤要靠近禹艾琪時，邢亞便會不斷干擾，而當禹艾琪苦惱於被鬼魂騷擾時，邢亞總會苦笑著說：「我不是惡鬼啊。」

他跟著禹艾琪進入了廟宇，注意到沈必佑在某個瞬間與自己對視，讓他有點失措。偶爾頻率對上時，人類也能看見鬼魂。

等不及的邢亞來到城隍的神像前，瞧見了一旁的城隍夫人，他微微彎腰與兩位問好。

「我給你一次機會，不得強迫她，但只要禹艾琪願意跟你進入村莊，我會讓她想起前世。」

一道天音傳入他腦中，這讓邢亞一愣，立刻跪地道謝。

但那天之後，邢亞還是沒辦法讓她做夢。明明城隍已經答應了，為什麼時機依舊沒有出現？

其間，邢亞依舊會干擾趙育澤的追求，終於在某次，他誤傷了禹艾琪，她又入夢了。

可禹艾琪不願意進入村莊，某種意向也表明了，她不願意想起前世。

對此，城隍夫人只是長嘆，並未給予任何回應。

接著就發生更大的事情了——趙育澤從樓梯上摔落，甚至骨折入院，這件事情當然也被傳得鬼影幢幢，但那不是邢亞做的。

「那是他自己不小心跌倒！」

「我在旁邊沒錯，但我真的沒動手。」

「對，他跌倒時我是笑了，因為那又不是致命傷，就是皮肉痛啊！」

「您也知道不是我做的，為什麼要把我關起來呢？」

「什麼？我遊蕩太久，要我快去投胎？」

「還有多少鬼魂遊蕩比我更久？大人呀，您怎麼不先找他們開刀呢！」

邢亞不斷與城隍求情，但還是被關入了大牢之中。

他真的很冤枉，如果是自己動手誤傷就算了，可是這次他真的沒有啊！再怎麼樣，他還是有抓住那分際的。

況且他不是傻蛋，要是讓趙育澤受了重傷，除了自己有麻煩，就是禹艾琪也會因為愧疚而多照顧他啊，這樣自己也得不償失。

城隍明明知道這件事情非他所為，卻將他押在大牢，這讓邢亞百般不解。這時，城隍夫人卻來了。

「你究竟想得到什麼呢？」

「我只是想要她想起我……」

「她想起你又如何呢？要是她想起你了，你是鬼魂，她不也痛苦？你這份愛是自私的，你知道嗎？」

邢亞沒有回應。

「你真正想要的，並不是這個吧？」

跪著的邢亞看著城隍夫人的繡花鞋，半點不敢抬頭。

「你想知道那一天，她是怎麼過的，你想知道她跟邢永到底發生了什麼事情。」城隍夫人一頓。「你想知道，一直不結婚的邢永，是不是時常趁你不在時，去找邢露。」

邢亞跪地磕頭。他那卑鄙的揣測，小人之心的心思，在城隍夫人面前怎樣都瞞不住。

他無法不去亂想，為什麼邢永會去他們家，為什麼邢露會跟他走，那一天邢露還要他別太早回家，他們約好了是嗎？為什麼在邢村發生災難性的滅亡後，死亡的邢露沒等他？為什麼馬上投胎？甚至還和邢永轉生成為同學？

這一切近乎命運的巧合，讓邢亞徘徊不去的這幾年更是鑽牛角尖。

他知道自己不能那麼想，可是面對永遠沒有解答的疑問，他的執念加深到無法捨棄一切去投胎。

「你，並不信任她。」城隍夫人瞇眼。「因為你的自卑。」

他想要禹艾琪恢復記憶最大的原因，是他想問她——

「那一天，妳和邢永到底做了什麼？」

11

「哈啾！」禹艾琪打了一個大噴嚏。

「妳還好吧？」趙育澤想拿紙巾給她，可此刻自己的手卻因為吃了水蜜桃而黏答答的。

「沒事，可能有人在說我壞話。」禹艾琪自己抽了衛生紙，然後起身去浴室。「我去洗個手。」

趙育澤幸福地看著她離開，像是要融化了一般。

他一定要好好把握這單獨相處的時光，等回到學校以後，那個叫做邢亞的人都不知道進度超前多少了。

不……他應該要先出院才對，反正骨頭本來就沒辦法馬上好，他只要坐輪椅的話，應該也是可以去學校的啊……
對，他必須跟父母這麼建議才行，就說快要大考了，不去學校會落後這種冠冕堂皇的理由吧！
禹艾琪洗好手從浴室出來，看了一下時間，覺得似乎也該離開了。她來到趙育澤的病床邊，他似乎還很期待她坐下來，可是見她拿起外套，趙育澤露出了沮喪的神色。
「妳要回去了嗎？」
「對呀，打擾太久也不好意思，你需要休息吧？」
「妳明知道我不在意……」趙育澤滴咕。「是超級想要妳再多陪我一下。」
哎呀，怎麼告白了以後就毫不顧慮地往前衝了，這讓禹艾琪有點尷尬，但說實在的，她並不討厭。
「我想還是慢慢來好了，至少先解決男鬼的事情……」她正經地回應。「我會再來看你的。」
也只能這樣了，不能過度勉強對方，以免造成反效果。
「好吧，妳一定要來。」

趙育澤倒也乾脆，揮手和她道別，但那彷彿頭頂長出垂頭喪氣耳朵般的小狗模樣，讓禹艾琪心生愛憐。

她也露出笑容，對趙育澤揮手。

離開醫院後，她呼了口氣。沒事，掩飾得很好。

她覺得自己臉頰發熱，回頭看了一下白色的建築物。

或許是好幾天不見趙育澤了吧，所以才會在剛才見到他時，覺得心跳飛快，臉頰燥熱，就好像是……見到喜歡的人一樣。

可是沒有呀，她明明沒有喜歡上任何一個人，她還是區分得出來的。

「呼。」她用手搧風。大概是趙育澤的直球的關係，才會讓她一時之間混亂了心情。

對了，她居然忘記問，為什麼趙育澤會喜歡上自己？明明在此之前沒有任何交集……不過就跟邢亞一樣，初次見面就一見鍾情，怎麼聽起來都太扯了。

只是，她好像能理解。

有一種懷念的心情，在她看到趙育澤或是邢亞的時候，都會浮上心頭。

糟糕，自己該不會是壞女人吧？

手機傳來震動，是孫又嘉。「嘿，還好嗎？」

禹艾琪一笑。差點忘了，她第一次看到孫又嘉時也有一樣的心情，這大概是因為有些人天生散發的氣場就是和自己合拍吧。

她決定別想太多，回覆了孫又嘉的訊息，和她們約在咖啡廳見。

⋮

「天啊，趙育澤跟妳告白了?!」孫又嘉聽得臉紅心跳。

「哇，他進度瞬間就追上了吔。」崔卉嵐用力吸了口冰沙。「聽到邢亞這個人所以急了吧？」

「那妳怎麼回答？」孫又嘉追問。

正將一大口生菜塞入嘴中的禹艾琪擺著手，要她緩緩。

「能怎麼回答，就跟他說要解決完鬼的事情，才有辦法細想。」

「還真是安全又狡猾的回答呀。」孫又嘉瞇眼，讓禹艾琪一驚。

「怎麼這麼說！」

「我沒說錯呀，明明兩個人都優秀得難分軒輊，短時間誰也選不出來，啊，不過我是投趙育澤一票啦。」孫又嘉順便發表自己的喜好。

「啊，我也是，雖然比較起來邢亞的外型是我的菜，但依照我的好人雷達來看，邢亞太多祕密，還是趙育澤單純。」崔卉嵐也舉手。

「原來妳對戀愛的話題現在也有興趣了喔？我都不知道妳的菜是什麼菜吔。」孫又嘉調侃。

崔卉嵐聳聳肩。

「我以為妳的菜是柯品任。」禹艾琪也調侃。

「沒有齁，我是很喜歡聽柯品任講靈異故事，或是和他一起去哪裡探險，但是男女愛情什麼的，跟他不可能啦！」崔卉嵐攤手。「感覺柯品任喜歡鬼會比喜歡女朋友多吔。」

「這樣聽起來還真詭異，可是我也認同。」孫又嘉點頭，咬了口自己點的蛋糕又繼續說：「艾琪，我是覺得妳目前兩個都喜歡，又或是兩個都有好感，但妳卻不承認這一點，所以才用『要先解決鬼的事情才有辦法考慮』的藉口。」

好友的話一針見血，崔卉嵐也用力點頭。「是呀！要是忽然兩個這麼優秀的男生追我，我一定也會不知道怎麼辦。」

「那、那我這樣不就很……糟糕嗎？」

這讓孫又嘉忍不住哈了聲。「才不會呢！妳沒和任何一個有曖昧，我覺得需要時間猶豫都是正常的。」

「畢竟兩個都很優秀。」崔卉嵐比了讚。

「不過這樣的情況不能太久，妳要麼兩個都拒絕，要麼快點釐清自己對誰的感覺比較多，不然就會真的變成玩弄別人感情的女生嘍。」

「我知道。」禹艾琪一口氣喝完了自己的奶茶。「這是不是奢侈的煩惱？」

「是！」兩個朋友同時說。

- - -

所以禹艾琪想了個方法，便是要正式地和兩個男生單獨出去一次，只要一次，如果那一次她依舊兩個都心動，甚至分不出自己的心情的話，那就兩個都拒絕。

但這又回到最初的原點，她必須先親自拒絕鬼哥哥才行，所以事不宜遲，隔天她便找了邢亞，提到這禮拜六想前往他家上香。
在發作業簿的許之翰正巧聽到，他才去過邢亞的家，什麼都沒有，可是邢亞卻答應了，這讓他不明所以。
「那太好了，時間地點再約。」禹艾琪揮手，然後朝孫又嘉她們跑去，而許之翰立刻靠到邢亞身邊。
「你在想什麼？你那個家能看嗎？還有哪來的哥哥讓禹艾琪上香？」許之翰壓低聲音，注意有沒有旁人偷聽。「話說，我想到自己的問題沒問完。是哪位神明讓你還陽？不需要代價？還是你拿了什麼交換？」
「這就不是你該知道的。」邢亞微笑。「反正你也不是程曉了，不是嗎？你總有一天都會忘記那些過往。」
許之翰咬牙。「或許你離開了以後，我那些被你刺激的前世記憶也真的就會消失了。」
「那是好事，對吧？」
「是，否則我們都無法全然地邁向新的人生。」許之翰把作業放到他的桌上。
「沒想到你還會交作業。」

「難得重拾的人生，總是要好好過一下。」邢亞當作這是讚美，把作業收到了抽屜裡。

「邢亞，」許之翰認真看著他。「我很高興能再一次見到你。」

這是他的真心，雖然前世久遠，但能見到當時憧憬的人，他是激動的。只是他沒料到曾經憧憬的對象卻無法瀟灑轉身，才更令他覺得不愉快。

邢亞該是要永遠走在他的前面，帶領著他走過未知荒野，開拓無人之地，而不是當所有人都向前了以後，他依舊在原地，彷彿深陷泥沼一般。

「嗯。」邢亞在那短暫的瞬間，彷彿把許之翰看成了當年的程曉，但很快，他別過眼，明白那曇花一現的過往都只是雲煙。「我也是。」

「那，再見了。」許之翰輕輕說著，感覺好像放下了什麼，恍惚了一陣，慢慢轉身。

邢亞忽然一驚，立刻站起來抓住許之翰的肩膀。

「哇！」許之翰一叫，被邢亞拽得差點往後倒。「怎麼了？」

他急切地問：「你還記得嗎？」

「記得什麼？」許之翰有些慌亂，不明所以。「作業嗎？我剛剛給你了吧？」

邢亞一愣，看著許之翰清澈的雙眼。

他遺忘前世了。

在剛才那個瞬間，說了那句再見，他便忘記了。

為什麼？

「可惡！」他咒罵了句，推開許之翰，往孫又嘉的方向筆直跑去。

「幹麼啊？嚇死人喔。」許之翰揉了一下肩膀，轉身繼續發作業。

邢亞來到正聊天得開心的孫又嘉面前，讓三個女生都愣住。他不是找禹艾琪，而是看著孫又嘉。

「怎麼了嗎？」孫又嘉咳了聲，站起來回看著邢亞。

「許之翰有和妳說什麼嗎？」

「許之翰？」怎麼會提到一個完全沒想到的人名。「沒有啊！難道是我作業沒交嗎？」

「他今天或是昨天，還是前天都好，他有沒有跟妳講什麼？」

「沒有啊……啊，我剛才是有在走廊遇到他啦……」孫又嘉歪頭，而邢亞立刻追問：「他說了什麼？」

她們三個有些奇怪地看著情緒略為激動的邢亞，畢竟他一直以來都顯得穩重又從容不迫。

「我和沈必佑在聊天啊，許之翰拿著一大堆作業從老師辦公室出來，我就問要不要幫他一起……」孫又嘉回想。

她從廁所出來時，正好遇到要上樓的沈必佑，他開心地對她揮手，兩個人趴在欄杆邊討論週末要去哪裡逛逛。

「馬上就是我們的週年紀念日了。」沈必佑神色有些不好意思。「妳想要什麼禮物嗎？」

「那就名牌包包吧。」

「哎，我哪買得起。」

「那你問屁喔！」孫又嘉失笑，用屁股撞了沈必佑一下。「沒想到你會記得週年紀念日。」

「講得好像我以前都沒記住一樣。」沈必佑看著孫又嘉的側臉，也笑了起來。

「沒想到我們可以交往這麼久。」

「怎麼？想分手啦？」

「不是啦，我的意思是，我們開始得莫名其妙，誰能料想我們能相處得這麼好，難道妳一開始真的沒有偷偷喜歡我嗎？」沈必佑瞇起眼，期待孫又嘉的回答。

「沒有，我只是覺得你很笨。」

「哎！」

「可是，總感覺那時候的你讓我放心不下，你知道你那時候蹲坐在一團白花裡面，看起來很可愛嗎？」孫又嘉想起那個畫面，就覺得非常懷念。

稚氣的沈必佑一臉懊惱，蹲坐在花圃之中，在那團白花簇擁之下，他看起來楚楚可憐，卻說著想接吻這種蠢話，不知道為什麼讓孫又嘉有一點點想哭，明明是這麼可笑的畫面呀！

「幸好那時候我們交往了，現在才會這麼開心。」孫又嘉輕語。

這讓沈必佑差點噴淚。交往這麼多年來，她甚少露出小女人模樣，甚至也沒說過什麼會讓人心動的話，沒想到現在會冷不防地說出這麼可愛的話，讓沈必佑比六十億人口都還要驚呆，露出了靦腆的笑容。

「幹麼那種噁心的臉。」孫又嘉伸手捏了捏他的臉頰。

「我好開心啊，居然能聽到妳說這樣的話，太感動了。決定了，兩週年禮物就送妳五百個親吻吧！」

「好爛！」孫又嘉失笑，再次捏了捏沈必佑的臉頰，在旁人眼中就是在曬恩愛的情侶。

也就是因為兩人打打鬧鬧的動作，讓孫又嘉注意到後方似乎有人在看著，她回過頭，才發現許之翰正拿著作業簿站在後面。

哎呀，她有些尷尬。她不喜歡和沈必佑相處的模樣讓第三者瞧見，總覺得十分彆扭，尤其剛才那近乎噁心的白痴情侶行為，更讓孫又嘉此刻想找個洞鑽。

「咳，要幫忙嗎？」孫又嘉為了掩飾自己方才的舉動，所以主動搭話。

「原來你們戀愛的契機是因為白花。」但許之翰的重點卻放在別的地方，這讓她更尷尬，沒想到他聽到了這麼多。

「雖然也是契機沒錯，但也不全是因為那樣。」孫又嘉也不知道自己為什麼要跟他解釋。

「原來是這樣。」許之翰展露了一個孫又嘉看過最明亮的笑容。在這瞬間，她居然有一點想哭，可是那股情緒卻也去得快，彷彿化為一抹苦澀的液體吞下後，往心底深處，落入最深的心池之中便沉了下去，連湖面都沒起漣漪。

「要不要我一起幫你拿回教室？」孫又嘉伸手比著那疊作業簿。

「不用，這些作業也沒多少。」許之翰笑了笑，抬眼看著她。「那我先走了，再見。」

「啊……再見。」

為什麼，她的心底會有一點酸澀呢？

許之翰轉頭，往教室的方向走。好像有什麼東西從自己身上脫落了，他看見站在教室門口滑手機的崔卉嵐。

在這一秒之間，他恍神了，停下腳步。

前方是崔卉嵐，後面是孫又嘉。

他沒半分猶豫，邁開腳步往前，走向了崔卉嵐。

「崔卉嵐。」他搭話出聲，讓崔卉嵐嚇一跳。「妳這禮拜有空嗎？」

「咦？你……為什麼？」崔卉嵐一時反應不過來。

「我想說，我們可以去看電影，鬼片也可以。」

「真的？我有想看的鬼片，但是又嘉和艾琪都不要！」崔卉嵐立刻把手機畫面秀給許之翰看。「這一部怎麼樣？」

畫面是一個臉色慘白的女鬼，那恐怖的模樣和崔卉嵐興奮的神情簡直成對比。許之翰卻笑了。「好啊。」

這一笑，居然讓崔卉嵐的心突然跳得快了好幾拍。

「那我先進去發作業簿，我們再約。」

「喔，好啊。」崔卉嵐看著他進去教室的背影，那份心動也稍微平復。

「真是的，我在幹什麼。」她敲了一下自己的頭，把那短暫的心動當作是錯覺，繼續瀏覽著網路的靈異故事。

於是，之後就是許之翰對邢亞說再見的事情了。

聽了這些話後，邢亞整個人都傻了。

許之翰，真的放下了前世的一切。

對邢亞來說，他一直以為只剩下自己，其他的邢村人都已經投胎並遺失記憶，卻忽然遇到許之翰，他還記得程曉的事情，這讓邢亞覺得自己並不孤單。

可是此刻，真真正正的，還活在邢村的，只剩下他了。

他再一次地死去了，沒人再記著他了。

為什麼可以就這樣拋棄了那些曾經在邢村的快樂記憶？為什麼可以就這樣放下了過去深愛的對象？為什麼可以瀟灑地轉頭說著那些都是上輩子的事情，雲淡風輕，宛如一切都是夢境般，清醒過後即可遺忘？

這下子，真的只剩下他一個人了。

12

星期六，趙育澤傳了訊息給禹艾琪，告訴她自己下禮拜一就會回學校上課，這讓她非常驚訝，反問：「**你已經沒事了嗎？**」

對方秒讀秒回：「**因為還是要趕上課業才行啊！**」

趙育澤不會說，那是因為他要求柯品任傳來邢亞的照片。原本只是一點點的緊張，在看到邢亞的照片後瞬間變得十分緊張，他可沒辦法允許這麼強勁的對手待在禹艾琪身邊，自己卻毫無作為啊！

所以他說服了爸媽，在尚未康復但身體允許之下，可以回到學校上課。父母還很感動自家孩子如此勤奮好學，殊不知只是想修好戀愛學分。

邢亞遠遠就看到禹艾琪已經在約好的地方等待，他開心地奔去，卻見到禹艾琪帶著微笑在看訊息，他心頭一緊。

「怎麼了嗎？」他裝作毫不知情，來到她身邊。

但禹艾琪只是搖頭，把手機收到口袋之中。

「我帶了一點小餅乾，怕空手會失禮。你父母喜歡餅乾嗎？」禹艾琪搖晃手中的餅乾盒。

「啊，他們不在，所以沒關係。」邢亞微笑。

禹艾琪一愣。大人們不在家，那她在週末單獨來到對自己有意思的男生家中，好像不太好。

「妳想跟我哥上香，是為了要拒絕他嗎？」

「是呀，我想還是面對面跟他講，會比較好一點。」禹艾琪扯了扯嘴角，淡淡地笑道。

「不用這麼做也沒關係。」

「但是……」她想著該怎麼說。「最近還是有些人，就是除了你以外，還是有人受傷。」

「妳想要被我以外的人追求嗎？」邢亞的問題有些尖銳，讓她愣了下。

「至少，我希望不是這樣被趕鴨子上架。」她也很快如此回應，堅定地看著邢亞。「嚴格說起來，你哥非常沒有禮貌且莫名其妙，仗著自己有特殊能力便傷害我身邊的人。」

邢亞沒料到禹艾琪會這麼回應，這讓他有些驚訝，抓了抓鼻子。「對不起，這是我們的不對，我道歉。」

禹艾琪抿抿嘴，雖然好像也不該是邢亞要道歉，但是覺得自己也欠一個道歉。所以她選擇點頭，接受了這微妙的歉意。

「我哥已經離開了，之前那些意外，有一些真的只是意外，不是他的作為。」邢亞說著半實話，暫時擁有肉身後，他就跟人類無異了，所以自然也沒辦法做一些小動作。

「可是我——」

「就如同妳所說的，我哥就像個恐怖情人一樣，妳生氣都來不及了，何必和他多說什麼呢？」邢亞說完還自嘲地笑了。「反正我哥也離開了，與其見他，不如和我去約會吧？」

「約會？」禹艾琪重複。

「對，妳說不想有趕鴨子上架的心態，那至少也給我一點機會，撇除我哥，純粹對我的感覺，這樣如何呢？」邢亞提議。

禹艾琪本想拒絕，可是想到稍早自己才提到，遲早要給出答案，不能讓這樣不上不下的關係繼續下去，便答應了。

「太好了，那我們先去逛逛街？」邢亞提議，表情十分開心。

他跟在禹艾琪身邊的時候，也曾和她逛過大街小巷，但這一次卻是以人類的身分和她一同行走，光是這樣，就已經是城隍夫人給他的巨大恩惠。

根據這麼多年的觀察，他熟悉禹艾琪的一切，例如喜歡甜食，喜歡愛情故事，喜歡韓國偶像團體；不太會掉眼淚，神經大條，對每個人都很好，討厭不公平的事情等……

想到這兒，邢亞停頓了下，接著露出一抹苦笑。

「怎麼了嗎？」禹艾琪注意到他的恍神。

「沒什麼。」邢亞將書包拉緊。「我們去吃甜點好嗎？」

「好呀，你也喜歡甜食嗎？」禹艾琪眼睛亮了。

「我喜歡甜食，也喜歡愛情電影。」邢亞說著違心之論。

他最喜歡的食物，是很久以前母親曾做過的一道涼拌山菜，他只吃過一次，卻懷念無比。

「看不出來你會喜歡那些呢。」禹艾琪覺得很神奇。「男生不是通常都不喜歡甜食嗎？」

「我剛好喜歡。」邢亞說了一家咖啡廳的名字，讓她驚訝得睜圓眼睛。

「我超喜歡那家的，你也去過嗎？」

邢亞心想，這是當然的，因為他明白禹艾琪的喜好，只要投其所好，她的心就會向著自己吧？

只要向著自己……一切就可以順利進行了。

他們來到咖啡廳，幸運的是客人並不多，甚至還能自己挑位子。禹艾琪正準備往最喜歡的角落走去時，邢亞已經先行一步，讓她很驚訝。

「怎麼了嗎？」邢亞回頭故意裝傻地問。

他當然知道禹艾琪喜歡那採光好的位置。

「沒什麼……」

「那就坐吧。」邢亞把沙發的位子讓給她，自己坐在另一頭，並點了幾道禹艾琪喜歡的蛋糕。

「啊……」她看著邢亞點的餐點。果然哪，她和邢亞的喜好很相合，無論是口味、餐廳還是興趣，似乎都完美合拍。

看著陽光灑落在邢亞的身上，烏黑的頭髮整齊又服貼，深邃的雙眼盯著自己，那股深情不言而喻。

有時候她會覺得，邢亞給她一種既熟悉，卻又令她鼻酸的感覺。

例如此刻，陽光靜靜地照耀在他的身上，與他四目對望的時候，這份寧靜是美好的。

可是……

「妳在想什麼嗎？」邢亞沏了一壺茶。

「我想問一下……你哥哥是怎麼死的呢？」見到邢亞的動作停頓，禹艾琪趕緊說：「抱歉，我太沒神經了。」

「不會。」他微笑，把自己的茶推到禹艾琪的面前。「妳喜歡的紅茶，加了兩顆糖。」

「你怎麼會知道？」禹艾琪再次驚訝。

「就覺得妳會喜歡。」他微笑著。「妳……相信前世嗎？」

「前世？你是說上輩子的人生嗎？」禹艾琪喝了一口，是恰到好處的甜度呢。

「我相信呀！」

「那妳覺得妳的前世是怎麼樣呢？」

「大概是動物吧？」禹艾琪笑了。「畢竟不是說什麼六道輪迴之類的嗎，不能一直都是人類吧？」

沒想到禹艾琪還會有這樣的觀念。在邢亞飄蕩的那幾年，輾轉聽說了邢村的滅亡，使得邢村的人只要願意投胎，都能優先再次當人，這是神佛給那些驚恐且悲慘死去的人，溫柔的慈悲。

這一點，他當然事後也向城隍求證過。

「我哥哥……他覺得他的前世是個人類。」邢亞搖動著湯匙，攪溶杯中的糖。

「他說，他有個相愛的妻子，但臨死前，他並沒有和妻子在一起，所以他一直想知道在死亡的瞬間，他的妻子在做些什麼，在想些什麼……」

透過不存在的哥哥，他把那些過去告訴了禹艾琪。

「我哥哥說他保有前世的記憶，我們都不太相信，直到他死亡以後，他託夢給我說，他找到了他前世的妻子。」

禹艾琪一愣。

「妳和他妻子長得一模一樣，所以他才會跟在妳身邊。」這些虛實參半的話，不算違約吧。

城隍夫人給了他肉身，要他去尋找自己想要的答案，條件是不能和禹艾琪說出自己和她的過往。

而無論最後有沒有答案，城隍夫人都只給了他一個月的時間。

他，畢竟是彼岸的人，還陽的這一個月已經是天大的恩賜，甚至還由廟方暫時提供了他庇護所與金錢，因此邢亞不會違反與城隍夫人訂下的約定。

「但是我並不是他的妻子呀！」禹艾琪的話讓邢亞內心一酸。「長得再像，也不是呀。」

「那如果是靈魂一樣，卻長得不像呢？」

「但……那也是上輩子的事情了，不是嗎？」她無法理解。「就像是分手的前男友如果回來說『妳曾經和我在一起』這種話，也會很莫名吧？這一輩子分手的人都是陌生人了，何況是上輩子這種完全沒有記憶的事情呢？」

邢亞差點忘了，相比邢露的浪漫主義，禹艾琪更是實際派。

這讓他覺得念念不忘的自己好傻啊，他是不是飄蕩太久了，世界都已經變成他不認識的樣子了？

「不過……花一輩子的時間去思念上輩子的人，你哥哥他很痴情呢，只是說這樣子，他的這輩子不是也無法開始嗎？」

「咦？」

「一直回頭看著過去，就不會注意到現在走的路上的石頭。當過去成為阻礙現在的存在時，那就必須拋下過去，好好活在現在才是呀！」禹艾琪雙手握拳。「當然，那份思念也很重要，可是賠上了自己的人生，甚至在過世了以後，在其他人身上找尋相同的影子，那不是得不償失嗎？說不定你哥哥上輩子的妻子，還在某個地方等著——」

「她沒等，她先走了，她已經投胎了。」邢亞不小心激動了起來。

「那如果你哥哥也早點投胎，是不是有機會再次和她在現世中相遇呢？」

禹艾琪的話讓邢亞一愣。他只想著為什麼邢永還會在邢露身邊，想著為什麼他們會一起離開、一起投胎。

卻從來沒想過，要是當時他也放下一切去投胎了，現在是不是也會是他們的同學？會不會自己也能和邢露再續前緣？

「邢亞？」見邢亞愣住的模樣，禹艾琪出聲喚他。

「我從沒想過這種可能。」邢亞僵硬地笑了，說：「那這樣，我……我哥不就成了傻子？」

「痴情的人總是比較傻。」禹艾琪聳聳肩，但還是一手托腮，輕輕道：「但這樣的傻子，我並不討厭……」

「不討厭？」

「靜靜地愛著一個人，超越了前世今生，雖然很傻，可是卻讓人心疼。我好像可以理解你哥哥的執著了。」雖然給了自己不少麻煩，但都已經過去了，她決定放下。「所以就算了吧！我不會怪你哥，也不會追究一切，你也別為了你哥道歉了，一切都算了吧！」

面對禹艾琪的灑脫，邢亞醒悟了，眼前的她不是邢露，她們的個性、喜好完全不同，甚至是對事物的灑脫和果斷也都不一樣。

除了靈魂一樣以外，其他都不同了。

他在禹艾琪身上找尋邢露的過去是沒有意義的，更別說妄想她恢復記憶。城隍夫人點明了他內心深層的醜陋猜忌時，便給了選擇。

讓他還陽一個月找尋，無論自己最後對於這些執著的答案是什麼，都必須果斷地去投胎。但如果他能和禹艾琪真心相愛的話，那城隍夫人便會給他想要的答案，也就是那最後的一天。

「禹艾琪。」邢亞忽然抓住她的手，讓她措手不及。「我想請妳和我交往。」

「但……我們還不夠認識彼此。」她想縮回手，但邢亞抓得好緊。

「我很了解妳，而妳可以花時間慢慢了解我。」

「我……」禹艾琪咬著唇。「給我一點時間考慮吧。」

但是我沒有時間了。

一個月內若無法和她交往，那他就得不到城隍夫人的答案了。

「妳可以先和我交往再慢慢考慮，若真的不行，再分手也——」

「何必這樣呢？邢亞。」禹艾琪抽回手，認真地看著他。「如果不釐清自己的心情就貿然交往再後悔的話，不就會傷害到彼此嗎？」

「但是我必須要快點和妳交往！」

「為什麼？」

「因為……」因為有時間限制！

「邢亞。」禹艾琪皺眉，有些疑惑地問：「你真的喜歡我嗎？」

這問題讓邢亞一愣。她怎麼會這麼問，難道自己的心意不夠清楚嗎？

還是是因為時間？因為他來這裡不過兩個禮拜，所以她無法信任他的真心？

「我總感覺……你不像真的喜歡我。你是很帥也很溫柔，可是……感覺不太對，你好像是為了別的事情才說喜歡我……」

她的話對邢亞來說宛如一個警訊，他猛然站起身，摀住自己的嘴，似乎渾身在顫抖。

「邢亞？」禹艾琪被他突如其來的反應給弄慌了，立刻也站了起來，伸出手想安撫他。「如果我感覺錯了，也請你不要生氣。」

「不、不是……我……」邢亞的眼睛看著眼前的禹艾琪，卻忽然愣住。

眼前的靈魂，是誰？

那屬於邢露的靈魂，在成為邢露以前，也曾經是別人的最愛不是嗎？

每個人都可以放下，唯獨他執著於邢露，只因為他認為她是同一個靈魂。然而靈魂會一直輪迴，每一世她都轟轟烈烈地愛過別人、也被別人愛過，每一世的離開也都不帶走一片雲彩，然而他憑什麼認為他是特別的？

就因為他曾經和這靈魂的某一世結為夫妻？

「我……我不愛妳嗎？」邢亞低語。

比起執著邢露，他更執著於邢露的背叛，更執著於邢永的接近。

他最愛的，其實是他自己嗎？

13

崔卉嵐看著一旁百貨公司的落地窗中反射出來的自己。今天她把辮子綁成了馬尾，並拿下眼鏡，換上了隱形眼鏡，甚至還上了一點點妝。

嗯，和許之翰出來看電影這件事情，一直到昨天晚上，她才會意到有多特別。首先，這是她第一次單獨和男生出遊；第二，對象還是一個平常在班上關係不上不下的男同學。

不，也不能這麼說，她和許之翰在高一時也曾經短暫交集過，甚至稱得上是特別連結。

所以崔卉嵐才忽然發現，自己是不是要「約會」了？

她立刻問了孫又嘉，自己和許之翰約去看電影這件事情是不是在曖昧？孫又嘉倒是訝異她為什麼會和許之翰有連結。

「最近他很紅喔，邢亞也問許之翰，妳也問許之翰。」孫又嘉一面敷著面膜，一面開擴音，想起自己和許之翰在那個午後走廊上的短暫交集。

神奇的是，除了那一次在走廊上，許之翰給她一種懷念又想哭的情緒，之後卻再也沒有這樣的感覺出現，即便她曾經盯著許之翰看，也毫無感覺。

「妳有沒有覺得許之翰不太一樣了？」她忽地問崔卉嵐。

「有嗎？不是都一樣溫柔嗎？」崔卉嵐說完還笑了下。

「溫柔？有嗎？妳怎麼知道他溫柔？啊，難道你們發生過什麼？」孫又嘉對於愛情這種事情可是很敏銳的。

「也沒什麼啊，就……」

她簡單地說了高一的班長事件，這讓孫又嘉倒抽一口氣，面膜還差點掉下來。

「我的天啊！他是喜歡妳嗎？」

崔卉嵐極力否認。「沒有吧，幫我當班長就是喜歡嗎？」

「可是正常來講，不會有男生這麼做吧？吃力不討好吔。」

「被妳這麼一說，我都覺得奇怪了。」

「不過說真的，在妳提到和柯品任不可能以前，我都一直以為你們會走到一起。」孫又嘉撕下面膜。雖然感覺不到他們之間有火花，但她和柯品任興趣相同，感覺十分匹配。

「如果興趣一樣就能互相喜歡，那就不會有個性不合而分手這種事了。」崔卉嵐看著衣櫃。「那我要穿什麼衣服？」

「如果妳覺得是約會的話，就認真打扮，和平常學校的樣子不同就好。」孫又嘉給了中肯的建議。

所以，今天她才會穿得不像是平常的自己。

除了髮型和妝容，她還穿了連身的白色洋裝，這是借姊姊的衣服呢。

為什麼會這麼重視和許之翰的約會，大概就是意識到這是第一次單獨和男生外出的這一點差別吧！

冷靜點啊，崔卉嵐，妳就只是稍微打扮了一下，不代表什麼，別想太多，許之翰說不定也沒想這麼多。

啊，如果許之翰真的沒想這麼多，那精心打扮的自己不就顯得很可笑了嗎？

崔卉嵐就這樣子在落地窗前面煩惱了這麼久，忽然手機傳來震動，她趕緊拿起來看，是許之翰傳來的。

「**妳在哪邊呢？我到了。**」

她才正準備回應，一道聲音已經在她一旁響起。「妳……妳是崔卉嵐嗎？」

許之翰其實很早就到了，但他在約定好的地方張望了半天，就是沒看見崔卉嵐，所以直到約定的時間過了五分鐘，他才決定傳訊息。

只是沒想到從剛才就一直跟他在同一個地方等著的女孩拿起了手機，許之翰簡直不敢相信，試探性地上前，居然真的是崔卉嵐。

她的打扮和平常完全不一樣，看起來女人味十足，這讓許之翰沒有心理準備，脫口而出。「妳今天好不一樣。」

「是、是嗎？」崔卉嵐不知怎的也害羞起來，看著穿著輕便服裝的他，哎呀，好丟臉，自己果然太隆重打扮了。

「很可愛。」許之翰注意到她的尷尬，立刻這麼說。

「咦？」崔卉嵐的臉瞬間紅了，這下子兩個人更尷尬了。「謝、謝謝……」

不過她看起來開心很多。許之翰捏了自己的手心，這不是做夢，他們真的單獨出來約會了。

「我已經訂好電影票，我們先進去吧！」許之翰緊張地比了電影院的方向，同手同腳地向前，這讓崔卉嵐會心一笑。

原來他跟她一樣緊張。

這部鬼片比她想像中還要更恐怖一點，好幾幕都忍不住摀住自己的眼睛，甚至往許之翰的身邊靠去。每當她靠向許之翰一些時，就能聞到一股淡淡的清雅香氣。

原先她以為是香水，但若是香水的話，應該不需要這麼靠近就能聞到。

她發現，那是屬於許之翰身上的味道。在這黑暗又彼此靠近的電影院，意識到屬於他的香味時，讓崔卉嵐頓時把眼前的恐怖畫面拋到九霄雲外，陷入了胡思亂想的少女天地。

慶幸電影院如此漆黑，也慶幸許之翰正津津有味地看著前方，才不會發現自己通紅的臉。

散場之後，許之翰十分興奮地和崔卉嵐討論剛才的電影。「我原本以為恐怖片就是用聲光音效嚇人而已，沒想到也會有這麼感人、淒美的愛情故事，真的顛覆我的想像。」

「啊，對呀。」崔卉嵐不好意思說自己中途分心了。

「妳看得不開心嗎？」許之翰注意到她的簡短回應。

「不是，很開心，嚇人的地方夠恐怖，但我不喜歡悲戀的結尾。」

「啊，妳是說最終還是人鬼殊途嗎？」許之翰歪頭。他總覺得這樣的設定似乎似曾相識，不是在電視上，而是在身邊，只是他想不起來。

「嗯，雖然人鬼本來就陰陽兩隔，但既然都讓她奇蹟地還陽了，為什麼就不能跟男主角在一起呢？」

「這很難吧，還陽本來就是不可能的事情。」許之翰故意陰森地說著。「它怎麼沒演女鬼要把男主角一起拖到黃泉呢？這樣就能在一起啦。」

「這樣就不是愛了吧！」崔卉嵐打了個冷顫。「如果是你呢？」

「我？」

「嗯，如果是你先死掉了，然後還陽回到女主角身邊，你會怎麼做呢？」

「我大概什麼都不會做，只會遠遠看著，確認她一切安好吧。」許之翰想也沒想就這麼回答。

「這麼果斷？你不會想要和她再次戀愛，或是告訴她自己的存在嗎？」崔卉嵐很訝異。

「因為我總歸都會離開的，不是嗎？要是為了彌補自己的遺憾，又再一次把好不容易走出來的女生拉進深淵，那該怎麼辦呢？就像妳說的，那不是愛呀，充其量只是想讓自己好過一點的交代。」

「哇，你的答案好具體，好像真的發生過一樣。」崔卉嵐忍不住笑了。「這樣的愛才是愛，對吧？」

「嗯，不過我喜歡電影結尾要表達的意思。」他們兩個走到美食街。「再次相遇只是為了好好地道別。」

「啊，我也喜歡。」崔卉嵐點頭，看著一旁的火鍋料理，考慮著要點什麼好。

「那個，妳今天為什麼會答應跟我出來呢？」沒想到在這個沒有防備的時刻，忽然被許之翰這麼問出口。

「那、那你又為什麼要約我出來？」崔卉嵐抬頭。

許之翰對上她的眼睛，那笑得明媚的模樣，頓時讓人春心蕩漾。

「因為……」他頓住。要怎麼回應比較不會嚇跑她？

一個在學校沒什麼交集的男生忽然告白的話，大概會令人很錯愕吧？

崔卉嵐歪頭。「因為？」

「因為我們是同班同學，我想跟妳保持良好關係。」許之翰用了保守又曖昧的方式回應，以為這樣子會讓她比較沒有負擔，卻發現崔卉嵐的表情不是很好看。

「怎麼了？」

「你要吃什麼？」崔卉嵐懊嘟嘟的，緊盯著眼前的招牌。「我要泡菜鍋。」

「那我就海鮮鍋吧……妳在不高興嗎？」

「沒有，怎麼會呢？」她只是覺得悶呀！

自己跟白痴一樣內心小劇場這麼多，結果男方卻給了個「良好關係」這種不上不下的答案，誰知道是友情的層面還是愛情呢？

好，就算剛才許之翰說了關於愛情方面的期待，她大概也會不知所措，甚至有點害怕。可若說了是友情方面，她也會有點失望。

好啦，女生就是難搞，但無論是哪種，都比許之翰這樣的回答好吧！

可是自己也沒理由生氣啊！所以現在不好的情緒全部都是她為了不知名的原因而不開心。

結果兩個人就帶著有點尷尬的氣氛，一起吃完了火鍋。用餐完畢，許之翰提議要不要去附近的公園走走。現在花季正美，崔卉嵐答應了，但氣氛還是稱不上好。

瞧見了公園外有冰淇淋車，他趕緊買了兩支。

「如果是我說的話讓妳不高興，我跟妳道歉。」許之翰把草莓的口味給她。「但是妳可以告訴我是哪一句話嗎？」

崔卉嵐看著許之翰手上的薄荷巧克力，伸手要了那支。「比起草莓，我更喜歡這口味。」

「好啊，那這個給妳，很少人喜歡這口味，我第一次遇到跟我一樣喜歡的人吔。」他笑了起來，覺得氣氛稍微緩和了。「那妳為什麼不高興呢？」

「良好關係是什麼？變成好朋友？像又嘉跟艾琪那樣的好友，還是我跟柯品任？還是……」

「是邢亞對禹艾琪。」許之翰說完之後頓了下。「嗯，應該是趙育澤對禹艾琪那樣才對。」

這讓崔卉嵐咬著唇，努力不揚起微笑。「哼，早這麼說不就好了。」

「我怕妳會覺得……不自在。」

「不自在的話，一開始就不會答應出來了。」她開心地吃起冰淇淋。此刻該是沁涼的口味，變成了甜如蜂蜜一般。

「但我完全看不出來妳也喜歡我。」許之翰像個孩子，興奮地露出笑容。

「我哪有說喜歡你。」崔卉嵐轉身看著他，瞇起眼睛。「我只是說，你可以喜歡我而已。」

「啊……沒關係，這樣也行。」許之翰很容易滿足的，畢竟女方只要同意追求，表示也有某個程度的好感。

「話說回來，你剛才說邢亞對艾琪，又改成了趙育澤對艾琪，這樣有什麼差別嗎？」他們兩個都是在追求禹艾琪呀。

「總覺得有微妙的差距。」許之翰在邢亞轉學過來後和他說了幾次話，甚至還到邢亞的家中找過他。

可是對於此刻已經遺忘了前世記憶的許之翰來說，那些畫面都是一片模糊，他只依稀記得，自己認為邢亞雖然在追求禹艾琪，但不全然是純粹的愛情，摻雜了很多不同層面的情緒與目的。

還是有愛的，雖然有愛……

至於趙育澤就不同了，沒有多餘的情緒，只有一股腦兒地將自己的愛意表達出來，就像個孩子一般，彷彿只要有愛就能解決一切。

這樣的愛，比較純粹，也是他們這個年紀比較能接受的。

隱約地，崔卉嵐也覺得邢亞怪怪的，雖然是追求，卻又不像追求，有時候也表現得有點可怕。

「艾琪自己最終也會做出選擇吧！」崔卉嵐如此說，然後把冰淇淋朝許之翰遞出。「你要吃一口嗎？」

「可以嗎？間接接——」

「那算了。」她立刻收回。

但許之翰馬上抓住她的手。「要！要吃！」然後直接咬下冰淇淋。

「我、我是要你自己拿！」崔卉嵐紅起臉來。怎麼就直接這樣吃啦！

「是這樣嗎？但是很甜、很好吃。」許之翰露出傻笑。

兩個人這般突飛猛進地相處，渾然不知此刻的甜蜜被對面咖啡廳店內的人一覽無遺。

邢亞和禹艾琪從他們買冰淇淋的時候就發現他們了。那時，邢亞正陷入自我懷疑中，禹艾琪立刻拉住他，要他回神。

就這麼巧，他們注意到了對面站在冰淇淋車旁的兩人。

「卉嵐和許之翰？什麼時候？」她非常訝異。而且崔卉嵐今天還打扮得超級可愛，怎麼在學校完全看不出他們兩個有曖昧啊！

而邢亞靜靜看著，遺忘了程曉的許之翰，已經邁向了另一個新的人生——不，在他還記得程曉的時候，他就已經放下了很多。

為什麼？

如果今天也投胎了，他也能放下，對吧？如果他投胎了卻依舊記得前世，他也能放下？還是仍會執著？

「邢亞，你為什麼哭了？」禹艾琪看著眼前流著眼淚的邢亞。他今天好奇怪，感覺情緒不是很穩定，還說了很多奇怪的話。

「我還有很多事情沒有想清楚，就算幾十年過去了，我還是……」邢亞再次起身，然後拿起自己的東西。「禹艾琪，我要先離開了。」

「邢亞？你真的沒事嗎？要不要我陪你到捷運站？」

「妳再坐一下吧，我要走一走。」他扯出難看的微笑。「放心吧，再也沒有鬼魂會干涉妳的愛情了。」

他說這句話時帶著多麼傷痛的神色，那轉身離去的落寞身影，讓禹艾琪差點就要追上去。

可是她沒有。

坐在位子上，從落地窗看著邢亞離去的背影，她慢慢地喝了一口茶。

不曉得為什麼，她有一種道別了的感覺。

14

「我回來啦！」

一大早，趙育澤就坐著輪椅閃亮登場。

「恭喜你回來啦！」

「愛的勛章！」

「你也太快就回來了吧?!」

他的班上傳來此起彼落的恭喜聲，甚至響起掌聲，還有同學用手機播放行軍進行曲。

「謝謝大家的祝福！」趙育澤像是謝票一樣舉起手對每個人道謝，自己轉動著輪椅來到位置上，但怎樣也無法卡進課桌裡面。

「你這樣上學很不方便吧。」沈必佑從後方輕推，把位置調整得恰到好處。

「有一點，不過也因此我可以使用電梯喔！」趙育澤道謝，從抽屜拿出課本翻閱。「進度上了多少？」

「哇，你真的是為了趕上學業回來的嗎？你成績又不差啊，幾堂跟不上也無傷大雅吧！」

「當然是藉口啦。」趙育澤把課本闔上，說：「有情敵出現，我哪還能在醫院悠哉休息。」

柯品任拍上他的肩膀，搖著頭。「為了愛情還真是玉石俱焚。」

「這樣聽起來很不吉利吔。」他低聲問：「鬼魂的事情真的解決了？」

「解決了，禹艾琪說已經離開了。」柯品任也低聲回應。

「那我現在要去找她。」

「現在？」柯品任皺眉。「早自習呢。」

「他要馬上去宣示主權，以免被捷足先登。」沈必佑看好戲地咯咯笑。

「不要這樣講，禹艾琪又沒接受我。」趙育澤無奈地抓了抓後腦。「我想去看看那個邢亞。」

「如果你堅持的話……」柯品任看了一下時間。「下一堂課再去吧，早自習就去會不會太緊迫盯人？」

沈必佑同意。「好像有一點。」

「那好吧。」既然他們都這樣說了，也只能如此。

所以熬過了第一堂課，趙育澤連忙急匆匆地就要出發，但沿途路上並不完全平坦，還是要有人輔助，於是沈必佑和柯品任理所當然地陪同前往。

「加油啊！」

「辛苦了！」

前往的路程上都有一些不認識的學生幫忙加油打氣，這讓趙育澤有點不好意思，同時卻也覺得很開心。

總算來到禹艾琪的班級。遠遠地大家一看見他，就已經衝進去通知禹艾琪。

「趙育澤來了！」

班上開始起鬨著「這麼快就出院？愛的力量！」、「因為擔心情敵嗎？」、「第一堂課就來了，真愛呀！」之類的話語，讓禹艾琪很彆扭。

「閉嘴啦，人家吃麵你們喊燒喔！」孫又嘉先是開口制止，要所有人閉嘴。

「太吵的人我要登記下來報告老師。」許之翰也適時地起身，還真的走到黑板前準備登記。

「現在是下課時間吔！」

「我有吵鬧的自由！」

「專制！獨裁！」

台下傳來班上同學們的抗議，但是許之翰才不管，直接寫上了座號。這讓幾個同學果然馬上安靜下來，學生時期就是怕這樣的事情呀！

「那個，禹艾琪。」結果就在吵鬧之中，趙育澤也來到了他們教室。

他一出現在後門，女孩子們都倒抽了一口氣。怎麼感覺兩個多禮拜不見，趙育澤看起來更帥了呀？

「你已經好了嗎？」禹艾琪雖然尷尬，但還是在大家的注視下來到後門。

「沒完全好，但是也已經好多了。」能在學校看見她，趙育澤非常高興，笑得燦爛，看起來氣色很好。

「又嘉！」沈必佑探頭探腦地呼喚著女友，孫又嘉搖著頭走了過來，連同崔卉嵐也是。

不過崔卉嵐在離開座位前，看了一下講台上的許之翰。他似乎裝作不在意地看著其他地方，卻偷瞄著崔卉嵐和柯品任的互動。

這讓崔卉嵐忍不住一笑，對許之翰眨了下眼睛。後者一愣，手上的粉筆掉到地上裂成三段，他趕緊彎腰撿起。崔卉嵐不禁笑出聲音。

「邢亞不在嗎？」問話的是柯品任。他快速掃了教室一圈，沒見到邢亞。

「他今天沒來。」孫又嘉回答。「好像請假吧。」

禹艾琪的拳頭稍微握緊了些，有點擔心邢亞那天和她約會的反常模樣，想打電話或是傳訊息問候，但又沒有他的聯絡方式。

「他感冒？不舒服？請假嗎？」柯品任又繼續問。

「不知道，老師應該會打電話吧？」崔卉嵐說：「可惜你特地來看邢亞本人，但他沒出現喔。」

「我、我才沒有呢！」被看穿的趙育澤緊張地看著禹艾琪。她看起來有些心不在焉。

於是他們稍微聊了一下，趙育澤等人便離開了，回到教室後又傳了訊息給禹艾琪，道歉著不該一團人過去，陣仗太大，打擾了她很不好意思。

禹艾琪當然回應。「當然不會，很恭喜你可以來學校了。」趙育澤便接著回傳訊息。「那今天找一堂下課，我可以跟妳聊天一下嗎？就我們兩個。」

那頭遲了一下，過一會兒才回。「好啊。」

當堂下課後，禹艾琪和孫又嘉去廁所時，正好遇到導師，便順便詢問邢亞是不是請假。

「邢亞家裡電話是空號呢。」導師有些為難地說：「可能當時寫錯電話了，還要找一下他的緊急聯絡人。」

「咦？怎麼會這樣，那今天他請假的原因還不知道嘍？」

「嗯，晚一點如果都沒有消息，我會親自去一趟他家的。」導師要她們別擔心便急忙離去了。

「妳和邢亞週末有發生什麼事情嗎？」孫又嘉看著禹艾琪若有所思的模樣，加上稍早的奇怪反應，便如此詢問。

「也沒什麼特別的……」禹艾琪先是這麼說，但嘆了口氣後認真看向孫又嘉。

「邢亞有點奇怪。」

「雖然我一直都覺得他很奇怪，不過妳看到他是怎樣的奇怪法？」

「他說了一些奇怪的話，我說他並不是真的喜歡我，然後他就說『原來我並不愛妳嗎？』之類的……」

「那真的是滿奇怪的，不過……他自己也發現了嗎？」

「什麼意思？」

「就是邢亞啊，他並不喜歡妳，我才會對他一直追求妳這件事情感到怪異。」

「妳也覺得他不喜歡我？」

「不是說他完全不喜歡妳，我覺得還是有的，只是他追求妳的理由，除了喜歡之外，我覺得還有更深層的……講白一點，我認為就像妳之前說的，他就是在幫他哥追求妳，因為哥哥喜歡妳，加上他覺得妳也不錯，所以就追求啦！」孫又嘉呶呶嘴。「比起趙育澤那樣單純地只是喜歡妳而追求妳，邢亞的態度感覺比較……比較成人一點？」

「成人？」怎麼會用這樣的形容。

「大人們談戀愛的時候，不是會有很多考量嗎？有價值觀、社會地位、道德、經濟、觀念、家庭、背景等等，但是學生們戀愛，就只是我喜歡妳、妳喜歡我這樣。」孫又嘉努力找出合適的話語形容。「沒有說這樣不好，但就是覺得很奇怪，如果今天我們已經是大人了，或許就不奇怪了。」

「我大概懂妳的意思。」禹艾琪咬著唇。「但他本人好像沒有意識到這件事情，才會在我點明以後，忽然愣住了。」

「妳這麼明白地告訴他？」

她點點頭。「所以他今天沒有來學校上課，我才有點擔心，是不是自己說得太直接了。」

「不，這也是成長的一部分，現在是他該好好釐清自己的心情了。」孫又嘉安慰她。「如果真的很擔心的話，就再問問看老師地址，直接去探望他吧。」

「不過，我去好嗎？」

「妳是在意自己被他追求的身分嗎？」

「是呀，如果沒有要給他機會的話，這樣子不會讓他誤會嗎？」

禹艾琪說出口時，還沒有想得太多，直到看見孫又嘉略微瞪大的眼睛，她才明白自己剛才說了什麼。

「所以妳已經想好了？」

「也不是……只是說，邢亞真的不適合吧。」

畢竟他連自己的心情都沒有釐清。

「嗯，船到橋頭自然直，再看到時候怎樣吧。」兩人眼看著就快走到教室，便停止了這個話題，卻發現崔卉嵐和許之翰兩個人站在走廊上聊天。

這下子她們互看一眼，露出曖昧的神情。

「妳不覺得他們……」

「那妳知道他們……」

兩個女生小聲地尖叫。看來繼孫又嘉之後，她們這三個朋友又有一個人要結束單身生活了。

- - -

下課後，趙育澤和禹艾琪原本要約在比較沒人的後涼亭處見面，以免又被八卦，但趙育澤行動不方便，最後兩人改約在老師辦公室後面的露台。

畢竟某個層面來說，很少學生會去那附近閒晃。

趙育澤還帶了蘋果汁過來，這讓禹艾琪一愣，不好意思地說：「那個，我不喝蘋果汁。」

「咦！對不起，我不知道！」趙育澤紅了臉，趕緊把蘋果汁放到掛在輪椅上面的袋子之中。禹艾琪注意到那袋子裡還有另外一罐一樣的飲料。

「你喜歡喝蘋果汁喔？」

「呃，對，我很喜歡果汁類的飲料，就算是濃縮也喜歡，尤其最喜歡蘋果汁。」趙育澤露出有點害羞的模樣。「喝果汁很像小孩子對吧？」

「不會呀，喝果汁很健康。」只是她正好不喜歡果汁。

「那妳喜歡吃什麼？」趙育澤問，想為下次有機會一同外出時先做功課。

「我喜歡甜食，越甜越好！然後我沒辦法吃辣，全身會受不了。」禹艾琪雙手交疊放在臉頰邊，卻注意到趙育澤定格的動作。「難道你愛吃辣？」

「而且不吃甜食。」趙育澤的哀怨全寫在臉上。「我不信！再來，妳最喜歡什麼電影？我最喜歡科幻！」

學聰明的趙育澤不把自己最討厭愛情片這件事情先說出來，見機行事也可見風轉舵。

也因為前兩次都不合拍，禹艾琪也決定緩緩，說了句：「科幻也不錯。」

「Yes！」趙育澤開心地揚拳歡呼。終於有個對的了。「那下次我們一起去看電影吧！當然是等我可以自由行動以後。」

見到他如此拚命的模樣，禹艾琪笑了。「好啊。」

一陣微風吹過，將笑得開心的趙育澤一頭黑髮吹得凌亂。不知道為什麼，禹艾琪的心情也變得很好。

或許，還不到喜歡，但很接近喜歡了。

趙育澤發現禹艾琪正盯著自己。「怎、怎麼了嗎？」

「沒有！」禹艾琪趕緊撇過頭，往露台下望去。卻見到一個熟悉的身影，邢亞正準備走出校門口。

奇怪，他怎麼是要出去？不是來上課的嗎？

就在此時，她收到了孫又嘉傳來的訊息：「**聽說邢亞要轉學了！他剛才來學校辦手續了！**」

什麼？

「抱歉，我有事情先走了！」她趕緊對趙育澤說，便往樓梯間跑去。

「禹艾琪！」趙育澤大喊，無奈輪椅不方便，沒辦法追上。

她是看到了什麼才這麼慌張？

趙育澤把輪椅推到了露台邊往下望，見到禹艾琪已經跑到了一樓，並且喊著：

「邢亞！」

他一驚。那個男的就是邢亞？

邢亞轉過頭，很訝異禹艾琪會出現在這裡。「妳怎麼……」

「你、你要轉學了？」禹艾琪捂著胸口，上氣不接下氣。

「妳怎麼知道？妳不是在和趙育澤聊天嗎？」邢亞的表情很是平靜，這句話也沒有其他意思。

「你看到了？」

「是呀，我去老師辦公室交文件，經過露台看見的。」邢亞微笑。「你們很相配，他看起來很喜歡妳。」

妳看起來，也正逐漸喜歡上他。

邢亞心裡這麼想，但神奇的是，他已經不覺得憤怒，他的心情宛如一個平靜的湖泊一樣。

不是毫無感覺，而是沉著。

「也不是……」禹艾琪歪頭，不知道要怎麼說。「你要轉去哪裡呢？」

「轉到很遠的地方吧，爸媽說要離開這傷心地，所以大概會出國吧。」邢亞說著謊言，但也有模有樣。「我很高興能夠來到這裡，能夠見到妳。」

「邢亞，你還好嗎？因為……」

「謝謝妳，算是點醒了我，我確實喜歡妳，但可能摻雜了很多……很多我私人的原因。」邢亞失笑地搖頭。「總之，我和我哥都不會再煩妳了，妳可以自由自在地被別人喜歡，或是喜歡別人。」

說完，他抬起頭，看著上方的趙育澤。

這是第一次，用人類的雙眼看著已經轉生的邢永。

「邢亞，謝謝你，希望你之後一切平安順利。」禹艾琪緩緩地說，鐘聲響起，她想了一下後才說：「能給我你的聯絡方式嗎？」

邢亞看著她拿出了手機，他覺得十分欣慰，但搖了頭。「我想還是不要吧，就當作我是妳的一場夢。」

「夢……」

「妳不進去嗎？」邢亞用下巴示意後方的教室。「我也該走了。」

禹艾琪一愣，在這瞬間，她忽然想起了自己一直以來的夢境。草原、濃霧、村莊、男人……那男人的身形就跟眼前的邢亞差不多，甚至聲音都……

狂風吹至，吹亂了她的頭髮，連同她剛才的疑惑都帶走了。

「若是在妳往後的人生，妳能偶爾想起現在的我，就已經足夠了。」邢亞低語，回過頭，舉起一隻手晃了晃，向她道別了。

「再見，邢亞。」禹艾琪站在原地，看著這神祕的男孩，像旋風一樣忽然出現，也像旋風一樣消失。

邢亞離開了學校。轉彎時，他看著自己的雙腳逐漸消失，他舉起半透明的手掌，視線可穿過肌膚，看見下方的腳。

他抬頭，用人類的眼睛最後看了太陽一眼。這刺眼的感覺，他要記下來。

當他的肉身消失後，靈魂飛往空中，往城隍廟宇的方向前進。

「你來啦！」城隍夫人正慢慢地喝著茶。「有答案了嗎？」

邢亞點頭。城隍夫人看見了他的表情，清澈得如一池清水，十分欣慰。「什麼事情改變了你的執著呢？」

「禹艾琪說了……即便靈魂相同，也不是同一個人，如果早點投胎，還能在這輩子相遇。」

明明不是邢露，卻說出了這樣的話，一開始，他不能理解，也很生氣。

但他逼問禹艾琪也不會有答案，邢露和邢永的最後一天到底是怎麼樣，他永遠不會知道。

就在他以邢亞的身分在街頭漫步時，他感應到了一個奇怪的連結，轉過頭——一對夫妻帶著孩子，而他驚訝地發現，那對夫妻曾是程曉的爸媽。

他又驚又喜，在大街上奔跑起來。隱隱約約，他可以感應到一些曾經是邢村的靈魂，但不能確切地明白他們的位置。

他跑累了，跪坐在人行道旁的地上，忍不住大笑起來。

跑累了？喘了？這是當鬼魂時未曾體驗過的真實，這種只有人類才會擁有的感受，讓邢亞懷念無比。

邢村的人都已經邁入下一個人生了，即便他們沒有記憶，都還是和前世的人連結上了，但是邢亞呢？只有他自己用邢亞的身分，繼續荒蕪在這裡，卻用著忘不了前世這樣淒美的藉口，放任自己依舊留在這片曾經美如深幽碧湖的泥沼中。

城隍夫人閉上眼睛，露出了輕輕的笑容。「那你找到了自己的答案，還需要我的答案嗎？」

讓邢亞還陽，除了給這迷途的可憐靈魂一個醒悟的機會之外，就是城隍夫人私心心疼他那份眷戀。帶著愛情，又帶著極為人性的猜忌、懷疑、不甘，連在他們專為慘死的靈魂所製造的那片撫慰恐懼的白茫之中，仍能找回神智並且掙脫，回到那充滿歡笑與悲傷的土地，長駐在那裡，只為等待相愛的靈魂回來。

所以，城隍夫人才給了他條件，只要他願意答應投胎，她便會讓邢亞還陽找尋自己的答案。無論找不找得到，他都能夠以肉身和邢露的轉生，也就是禹艾琪真實地相處。

一個月後，她會收回肉身，邢亞必須前往下一個人生。

但當然，城隍夫人也答應了一件事情。只要邢亞和禹艾琪真心相愛，城隍夫人可以告訴他，刑露和刑永在最後那一天，究竟做了些什麼事。

「你還需要這個答案嗎？」城隍夫人溫柔地詢問。

邢亞毫不猶豫地搖頭。「那已經是上輩子的事情了。」

於是，城隍夫人笑了。眼前的靈魂，終於能夠前進了。

她伸手，前方出現了一條筆直的道路，那是幾十年前，邢亞曾見過的。

「下輩子，你會再與她相遇的。」

「是啊。」邢亞看著那片白茫，踏出了腳步。

下輩子，我們再見了，邢露。

15

邢露看著邢亞遠去的背影，直到確定他真正離開以後，她才關起大門，閉上眼睛深吸一口氣，立刻換好衣服並綁起頭髮。

看著家裡一圈後，她滿意地微笑，一切都沒有問題。

門口傳來敲門聲音，她立刻前去開門。邢永站在門前，東張西望地問：「邢亞出門了？」

「對，他今天會去魚塭，所以短時間內不會回來。」她趕緊讓邢永進屋。

「我受夠偷偷摸摸的了。」邢永忍不住抱怨。

「今天就是最後一次啦。」邢露雙手合掌，對邢永充滿感激。「刑永，謝謝你願意幫我。」

邢永看著邢露殷切拜託的模樣，沒辦法地嘆口氣。「我可不是為了邢亞。」

「但我是為了邢亞啊！」邢露揚起微笑。

唉，這女人還真是殘忍。

沒辦法，誰讓邢永就是喜歡她。

「我也知道拜託你不好，可是你是村子裡最懂農作物的人。」邢露邊說邊拿起一旁的斗笠。「我們走吧！」

邢永點頭，和邢露離開了她的家。

這樣避人耳目來邢露家已經好幾個月，雖然不是天天，但一個禮拜少說也有三次，有幾次被其他村民發現，但他們都知道刑永在幫刑露的忙，便也沒張揚。

邢永心甘情願為邢露做任何事情，只要邢露要求，即便是為了邢亞也沒關係。

反正，邢露愛的是邢亞，真正的愛情就是希望所愛的人快樂，不是嗎？

「你們又要去農田了嗎？」邢雨從前方小屋的轉角跳出來，睜大眼睛看著哥哥姊姊。

「邢雨，妳怎麼知道？」邢露十分訝異。

「因為我不小心偷看過。」邢雨壞笑地瞇眼。「沒想到邢露姊會做這麼浪漫的事情。」

「妳！不准先告訴邢亞喔！」邢露捏了一下邢雨的臉頰。

「齁，我知道，才不會那麼不識趣地先破壞驚喜呢！」邢雨揉著自己的臉頰，看向一旁的邢永。「可是如果邢亞哥知道是邢永哥幫忙的，應該感覺會很複雜吧！」

她帶著幾絲調侃的惡趣味，這讓邢永冷笑一聲。「沒想到年紀小小的邢雨，心思可真壞呢。」

「我才沒有呢！」邢雨紅起臉，趕緊反駁。

「確實邢亞知道大概會生氣吧，不過他會明白我的用心。」邢露看了一下邢永。「況且，我也希望邢亞和邢永能和好。」

「和好？」邢永以為自己聽錯了。

邢露轉著靈動的大眼。「是呀，你們小時候明明那麼好，總是玩在一塊，結果卻因為都喜歡上我而鬧不和，這樣真是太得不償失了。」

這句話讓邢永和邢雨都瞪大了眼睛。

「哇，邢露，沒想到妳會講得這麼直接，真的是小惡魔呢！」

「小惡魔，這詞哪裡來的？」邢露懷疑。

「前幾天村長下山，帶了一些漫畫回來，上面提到的。像邢露姊這樣無辜地說出邢永哥的心意，就是小惡魔。」

「算了，我已經習慣了。」邢永聳肩。要和邢亞和好不太可能，畢竟他到現在都沒結婚，雖然不是期望著什麼，但他還是想這樣喜歡邢露一陣子。

「所以說，為什麼邢雨會發現我們的行蹤？」

「啊，我去那邊採白花，」邢雨紅起臉。「要送給程曉。」

「人小鬼大。」邢永冷笑。

「才不想被你這麼說呢。」邢雨哼了聲，拿起剛才就藏在一旁的白花。「邢露姊和邢亞哥也是年紀小小就訂下婚約，才不是人小鬼大。」

「程曉一定會很高興的。」邢露摸了摸邢雨的頭。「他今天和邢亞去了魚塭，妳記得見到邢亞不要提喔！」

「我絕對不會破壞妳的驚喜。」邢雨眨眼。「如果妳先見到程曉，也別說我的驚喜。」

「當然。」邢露也保證。

於是在此道別後，邢露與邢永繼續向前走去。

他們來到村莊外不遠處的一處田地，這裡面積不大，但種滿了山苜楂。

這是邢亞最喜歡的一種山菜，他說過好幾次，小時候母親曾偶然在外採集到這種山菜，回家後做成了涼拌，邢亞愛極了。但因為村裡沒人種植這種菜，加上當時他們食用前並沒有詳細記住山菜長什麼樣子，以及在哪邊摘採的，所以邢亞再沒機會吃到。

正因為他思思念念，邢露便想要為他找出夢寐以求的山菜。她根據邢亞稀薄的記憶畫出了外觀，試過好幾種山菜涼拌了加入晚餐之中，但邢亞從沒表現出特別的反應，所以邢露知道自己還沒找到。

在因緣際會下，邢永看見邢露一人在村莊周圍找尋，原本為了避嫌，他並未靠近，但第二天、第三天，他都看到邢露溜到村莊外，便上前問：「這樣很危險喔。」然後看見了邢露手上的畫。「這不是山苜楂嗎？」

邢露一驚。「你知道這種山菜？」

「說是山菜，也可以當中藥。」邢永拿起畫仔細看。「這應該是山苜楂沒錯，妳要做什麼？」

「這附近有嗎？」邢露驚訝地抓住了邢永的衣服。這突如其來的近距離，讓邢永嚇了一跳。邢露也注意到自己失禮的行為，趕緊鬆開。「抱歉，因為邢亞……」她說出了自己的理由。

「嗯哼，邢露真的很喜歡邢亞呢。」邢永把畫還給她。「真令人羨慕。」

邢露才發現自己太遲鈍了，趕緊往後退。

「妳不用害怕，雖然我喜歡妳，可是妳是邢亞的妻子。別看我這樣，我可是很循規蹈矩。」邢永如此說著。就算心如刀割，但他還是懂得事情的輕重。「這附近都沒有山苜楂，妳找不到的。」

「是這樣嗎……」邢露難掩失望。

邢永嘆了口氣。「不過，我前陣子正好拿到了山苜楂的種子，可以給妳。」

「真的？」邢露開心極了。「謝謝你，邢永！」

不過，能看到她這樣的笑容也值得了。只要邢露能一直露出微笑，邢永就心滿意足，即便那是為了別的男人。

「不過妳會種植嗎？」邢永這麼問並無私心，因為邢露對編織很拿手，卻對務農一竅不通。

「不會。」邢露皺眉，但靈光一閃。「你可以幫我嗎？」

「這樣不好吧？」

「不會不好的，因為我們清清白白。」邢露堅定地說。

這還真是……令人傷心啊。

邢永一笑。「好吧。」

要是邢亞知道這段時間是他的幫助才種出山苜楂，又不能苛責一心為他著想的邢露，到時候邢亞會露出什麼樣的表情，這讓邢永非常期待。

既然得不到邢露，時不時逗弄一下邢亞，邢永也開心。

就這樣，今天總算是山苜楂收成的日子，邢露從好幾天前就在期待，想要邢亞一回家時，就能看見滿桌的山苜楂料理。

「滿桌太誇張了，還是要一些別的料理。」邢永提醒。

「我知道啦，但想要邢亞很驚喜啊！」邢露蹲在小片農地上採收著。

為了不讓會在村裡四處忙的邢亞發現，他們才會到村外種植，這是邢永之前在村外設立捕捉野雞的陷阱時發現的小片土地。

「妳真的喜歡邢亞呢。」

「那當然啦！」邢露說著，手上的竹籃已經塞滿了山苜楂。

邢永有時候會想，如果他比邢亞更早與邢露相遇，又或是說，如果今天他們三個都同年的話，會不會她有機會選擇自己，而不是邢亞呢？

不過他總是笑自己天真。現在想著這些都毫無意義，這輩子已經不可能了，下輩子看看有沒有機會吧。

「好了，我們回——」

就在邢露站起來的瞬間，忽然一陣天崩地裂，讓她差點摔到山坡下。

邢永立刻伸手環住邢露，並且快速抓住另一旁的大樹，兩人才沒有滾落山下。

「天啊！怎麼回事？啊——」邢露尖叫著，這毀天滅地般的土石崩落讓她驚恐，邢永則是緊緊護住她，不讓碎石和土塊砸到邢露身上。

好不容易等到騷動平息，他們灰頭土臉地爬起來。兩人臉色慘白，確認彼此都沒有大傷後，立刻往村莊的方向跑去。

邢永覺得不妙，那崩塌的聲響似乎來自村莊。當他們還沒抵達村莊時，就知道村裡已經全毀了，一大片山頭崩落，摧毀了他們的村。

「不……不、不、不！邢亞——爸、媽——」邢露尖叫著，就要衝進去。

「等一下！」邢永趕緊拉住邢露。

再下一個瞬間，大地再次震動，山坡的土堆和石頭再次落下，又一次壓毀了他們的村莊。

這次崩落的面積更大片，更毀滅性地覆蓋，即便有倖存者，也逃不過第二次的摧殘。

他們來不及絕望，第三次的崩塌馬上來襲，邢永在泥土衝擊到他們身上的瞬間，整個人覆到邢露的身上。即便知道徒勞無功，也想保護邢露。

她能確切感受到邢永因保護自己而覆蓋過來的體溫，同時也能真切感受到土石造成身體分離的劇痛，她想尖叫，但土石混入她的口中，分不清楚是窒息先造成她的死亡，還是土石撞擊造成身體分裂而死。

邢永一樣可以感受到自己的四肢逐漸分離，明白在大自然之下，他的保護有多微弱。這是他這輩子第一次擁抱邢露，但她卻在自己的懷中死去……

他撕心裂肺地想大吼上蒼的殘忍。為什麼要這樣結束一切？在他還沒死心，在邢露還沒做山菜料理給邢亞，在他還這麼喜歡邢露的情況下，他們就死了。

而且邢露還是死在他的懷中。

「下輩子——下輩子我一定要比邢亞更早與妳相遇——我一定會保護妳——」

邢永最後的怒吼，成為他今生的誓言。

邢露踏上了那片白茫。她心心念念的，都是邢亞。

因為她知道邢亞已經早一步死了，為了能追上邢亞，她在白茫中沒有迷惘，往前奔去。

邢永為了要比邢亞更早和邢露相遇，所以也沒有猶豫，直奔下世。

邢村的人大多在認知自己死亡後，花了一點時間悲傷，但還是邁開腳步前往下輩子。只有邢亞無法放下，離開了白茫，回到了邢村。

就這樣子，永遠停留在上輩子。

趙育澤在二樓露台看著邢亞遠去，回想剛才四目交接的容貌，內心警鈴大作。

「那個就是邢亞嗎？可惡，還真的滿帥的……好在我趕回來了，不然真的很危險啊……」

還不知道邢亞已經永遠離開的情況下，他告訴自己往後要更加努力，一定要讓禹艾琪喜歡上自己。

禹艾琪看著遠去的邢亞，明白了這份道別便是永不再見。她有一點點想哭，覺得自己好像忘記了什麼很重要的東西。

可是當她抬頭，看見了在二樓露台的趙育澤露出緊張的神情看著邢亞離去的方向，忽然笑了出來。

想到他或許緊張邢亞的外型，感受到威脅，這種可愛的想法讓她覺得好笑。

趙育澤根本不需要擔心呀，因為她……忽然，禹艾琪紅起臉來。不用擔心，因為她……她怎樣了呢？

看著趙育澤露出了像是呆瓜般的傻笑，對著自己揮手，或許，再讓趙育澤等一段時間吧？

她笑著，也朝他揮了手。

———

孫又嘉沒想到邢亞就這麼突然地轉學了，原本還想看看他之後會採取什麼方式追求禹艾琪。

「妳在想什麼？」沈必佑靠到了孫又嘉身旁。

「在想，愛情真的很不可思議。」她牽起沈必佑的手，總覺得還好當年自己一時衝動和他交往，才有今天並肩齊行的緣分。

「下輩子也要跟我在一起喔。」沈必佑用頭敲了孫又嘉一下。「這句話我應該上輩子就說過了吧？」

「真是噁心，哪裡看來的。」孫又嘉瞪他一眼，卻笑得甜。

許之翰看著手機裡和崔卉嵐的合照，露出了笑容。或許有一天，他和崔卉嵐會成為真正的情侶吧，在此之前，他要好好感受這份甜蜜的曖昧。

就在他盯著手機時，收到了崔卉嵐的訊息。

「**看著照片傻笑，很明顯喔。**」

他一驚，趕緊回過頭看向崔卉嵐。戴著眼鏡的她手指在嘴角比了V，即便如此平凡，看起來也十分耀眼。

這讓許之翰紅起臉來，也有點不甘心，老是只有自己被崔卉嵐電得七葷八素。他決定反將一軍，將視線轉回螢幕，快速地打了幾個字。「**妳今天也很可愛。**」

飛快地收到崔卉嵐的回覆。「**油條！我討厭油條的男生。**」

哇咧，弄巧成拙了嗎？

他轉過頭，卻看見崔卉嵐雙手放在臉頰兩側，紅著臉的模樣明顯得隔了幾個座位都這麼清楚。

一個月後，就告白吧。

不，不如就現在吧！

許之翰站起來，在全班面前對著崔卉嵐說：「我喜歡妳，可以跟我交往嗎？」

柯品任騎著腳踏車回到家中，將腳踏車牽到後方的小巷中上鎖，一邊打開手機，看著沈必佑傳來的訊息。

「你沒女友了，崔卉嵐被追走了。」

他傻眼，什麼時候自己跟崔卉嵐變成一對了？

「恭喜她。」

他回傳了以後，從側門走進廟中。

「回來了喔？」廟公在一旁搧著扇子，看著柯品任拿起香。

「嗯，今天有什麼事情嗎？」

「有指示說房子可以回收了。」廟公起身，把扇子放到一旁。

「哦，已經處理好了？」

「不知道啊，老大之前也只命令要準備好房子，還不准我們去看。」廟公揉了一下柯品任的頭。「你自己問啦，祂們最疼你了，也只會告訴你。」

柯品任點點頭，廟公走出外頭，與香客寒暄。

他點起香，來到了城隍面前。

「那痴情的靈魂已經完成了願望，投胎了嗎？」

聖筊。

柯品任一笑。

他，並不清楚所有的過程，只知道有個鬼魂為了能夠見到前世的妻子，暫時還陽了。

但是他也不是傻子，雖然一開始沒有聯想起來，但到了後期，邢亞的一些行為、行蹤和那些破綻百出的理由，似乎和這痴情的靈魂不謀而合。

「是邢亞嗎？」

沒筊。

但神明不肯說的事情，怎麼問也沒有用。

「好吧，當初您不讓禹艾琪來這裡求平安，又要我不能說家裡服侍城隍，我就知道有點問題了。您又說要我別說太多、別管太多。也是您說，趙育澤不會有生命危險，我後來才放手。」

他在心裡嘆氣。

「人類，大概是最麻煩的生物了吧。」

聖筊。

他一笑，與城隍爺和夫人打完招呼之後，便插上了香，離開廟宇，散步來到後方的屋子。

柯家世世代代都服侍著城隍，很多時候，他們會收到指示，代辦一些人間事務，然而他們從不過問，因為神明也不會說。

這一次，廟中大人們接到通知，要安排某個人入學以及準備一間房子，但神明是個別交辦，大人們也不會彼此討論。

不過身為乾兒子的他，還是有點特權。有時候他問的話，城隍爺心情好會回答一下，也因此他才得知，這次是為了一個痴情靈魂還陽所做的準備。

最後，無論何時，人類總是逃不過情關，又或是逃不過自己。

願彼岸的靈魂、這岸的人們，都能不留遺憾，不帶眷戀，放下執著。

直到再次相遇。

全文完

國家圖書館出版品預行編目資料

在記憶的彼岸，等你／尾巴 著
– 初版. -- 臺北市：三采文化，
2021.7
面： 公分.（愛寫 49）
ISBN：978-957-658-589-0（平裝）

1. 華文創作 2. 小說 3. 愛情小說

863.57 110009238

◎封面圖片提供：
pavelvozmischev ／ stock.adobe.com

suncolor
三采文化集團

愛寫 49

在記憶的彼岸，等你

作者｜尾巴
責任編輯｜戴傳欣 校對｜黃薇霓
美術主編｜藍秀婷 封面設計｜高郁雯 內頁編排｜陳佩君

發行人｜張輝明 總編輯｜曾雅青 發行所｜三采文化股份有限公司
地址｜台北市內湖區瑞光路 513 巷 33 號 8 樓
傳訊｜TEL:8797-1234 FAX:8797-1688 網址｜www.suncolor.com.tw
郵政劃撥｜帳號：14319060 戶名：三采文化股份有限公司
本版發行｜2021 年 7 月 30 日 定價｜NT$320